みかみてれん
ILLUSTRATION
えいひ
勇者の君と
もう一度ここから。
FROM HERE AGAIN WITH YOU WHO
WAS A HERO

かつて星を救う勇者として、
狂神と対峙した一人の少女がいた
金色の髪をなびかせた
少女の名は、セラフィルナ
彼女はその命と
引き換えに狂神を
打ち倒したのであった
大丈夫だから、
心配しないで、ジャン。
あなたのために、
世界を救ってくるから――
また、
会えますように――

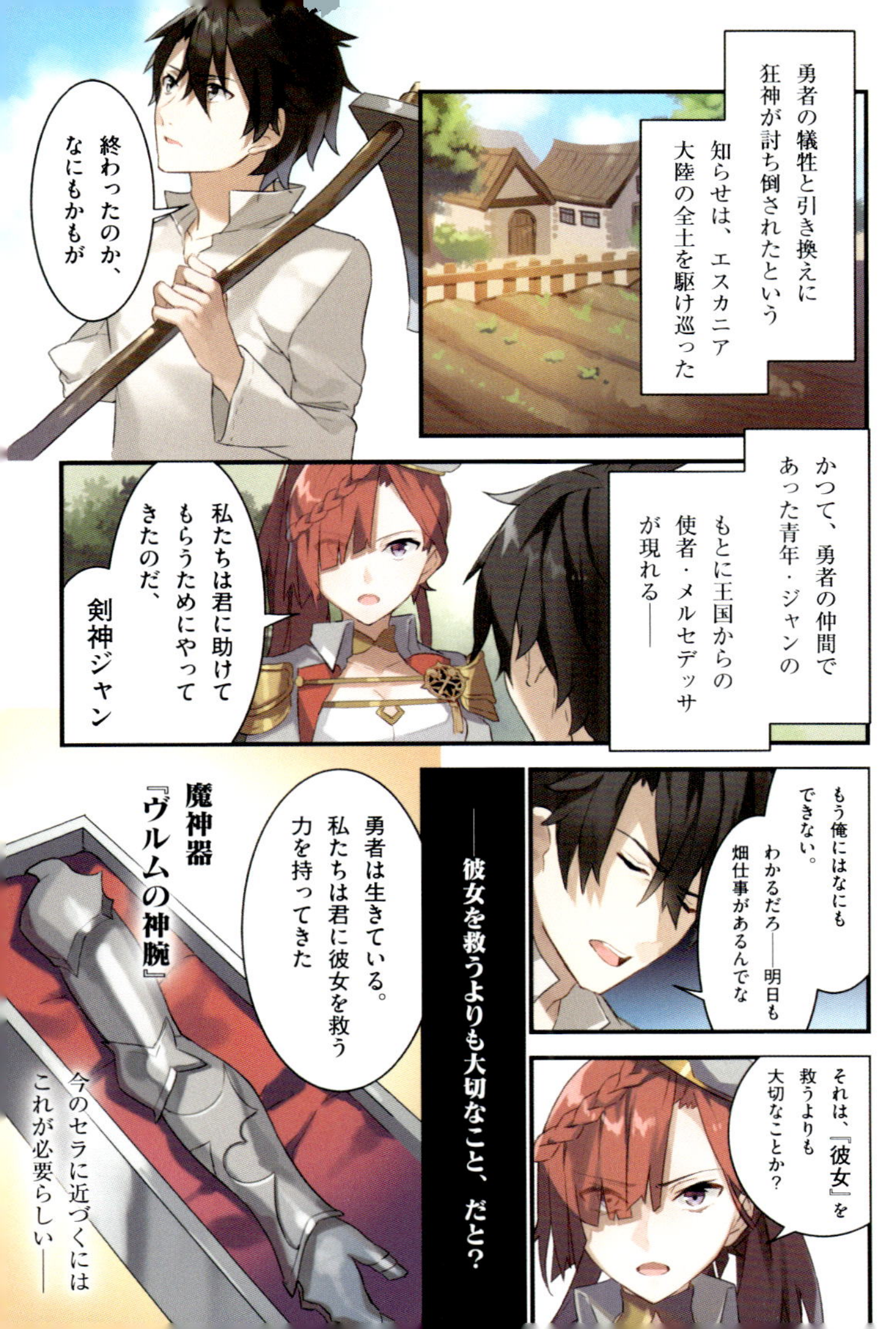
勇者の犠牲と引き換えに狂神が討ち倒されたという
知らせは、エスカニア大陸の全土を駆け巡った
終わったのか、なにもかもが
かつて、勇者の仲間であった青年・ジャンのもとに王国からの使者・メルセデッサが現れる――
私たちは君に助けてもらうためにやってきたのだ、剣神ジャン
もう俺にはなにもできない。わかるだろ――明日も畑仕事があるんでな
それは、『彼女』を救うよりも大切なことか？
――彼女を救うよりも大切なこと、だと？
勇者は生きている。私たちは君に彼女を救う力を持ってきた
魔神器『ヴルムの神腕』
今のセラに近づくにはこれが必要らしい――

術式によって俺は、魔神器を
右腕に宿すことになった――
しかし――
再会したセラは、もう
俺の知っているセラ
ではなかった
セラ……
記憶がないのか
セラを守るメイドの
少女ルーニャ
後輩さん、
一緒にがんばり
ましょう！
そして、
賢者ムルド＝ヴリン
精神魔法を
覚えるんだ
協力者たちとともに
俺はセラを救うことを
決意する――

もう一度、あの日のセラに会うために――
たくさんの苦難を乗り越えて――
俺は、お前が、
好きだ
そして、彼女の笑顔を取り戻すために――

勇者の君ともう一度ここから。

勇者の君と
もう一度ここから。

みかみてれん

ILLUSTRATION
えいひ

CONTENTS

FROM HERE AGAIN WITH YOU
WHO WAS A HERO

プロローグ

剣によりかかるようにして目を閉じている、美しき少女がいた。

陽の光も届かぬ深い地の底。死臭と瘴気《しょうき》に支配された魔の迷宮。石壁が赤銅色ににじんでいるのは、その向こうにたっぷりとマグマを孕《はら》んでいるからに他ならない。

魔物の食道のように延びてゆく通路。そこには闘いの跡があった。

周囲にはおびただしいほどの魔物の死体が散乱しており、そのすべてが斬撃によって一刀両断されている。呼吸をしているのは彼女ひとりという有様。

そんな場所で、少女は眠っていた。

五分にも満たない僅かな時間。ぱちりと目を覚ました少女は、伸びをし、それからようやく剣に付着していた血を払った。

「よっし、だいぶ頭スッキリした。魔力も回復したし。少しの時間でも寝られるときに寝ておいたほうがいいって、ジャンも言ってたもんね」

言った当人も、それが魔界の最奥――狂神を祀《まつ》る神殿へと続く終焉《しゅうえん》迷宮の攻略最中だとは、思ってもいなかっただろうが。

金色の髪をなびかせた少女の名は、セラフィルナ。

白花色《しろはないろ》の剣を持ち、今まさに人族の宿敵を討ち果たさんと臨む勇者だ。

そして、この迷宮に生きながらたどり着くことができた唯一の人間であった。

多くの仲間を喪《うしな》った。負傷により戦線を離脱した仲間もいれば、死別した仲間もいた。

彼らは必要な犠牲だった――とは、口が裂けても言えないけれど。

「世界は平和になるよ、大丈夫。わたしがみんなの夢を叶《かな》えてみせるから」

様々な感覚器の機能を遮断《カット》し続けていると、自分が今ここにいることを確かめるように独り言が増えた。

「あと少し。あとちょっと。ここまで来たんだ。もうわたししかいないけど、だからこそ勝って帰らなきゃ」

津波のように道幅いっぱいに広がって駆けつけてきた魔族の兵士たちを、すれ違いざまに斬る。セラフィルナが扱う聖剣の前では、どんな防御も無意味だ。たとえ相手が異《こと》なる次元にいようとも、刃からは逃れられない。

斬り、進み、また斬り、そして進む。

「数だけは多いんだから、困っちゃうな。もうわたしの相手になんて、ならないのに」

少女の瞳に光はない。相手の姿を目ではないもので視《み》ることができるのならば、この闇の底で視力など不要だ。その分の魔力はすべて膂力《りょりょく》と剣撃に費やせば、それだけ早く目的地にたどり着ける。

人間として生きるための機能なんて贅沢《ぜいたく》だ。殺戮《さつりく》に使えないのなら遮断。嗅覚も味覚も痛覚もとうに捨てた。思い出の中に残れば、それで十分だ。

行き止まりには祭壇と、その後ろに大空洞が広がっていた。

広大な穴は炎熱地獄よりもさらに深く、星の中心へと続いている。その淵《ふち》に立つ少女は視た。遥《はる》か底、闇の中に浮かぶ一対の赤い光を。

一定の周期で空気が震動している。それが深淵《しんえん》に眠る狂神の心臓の鼓動であると理解したとき、少女はこの身を貫く恐怖心を遮断した。

「うん……うん、大丈夫。いつでも飛び込める」

大空洞から吹き上げる風が少女の金髪を揺らす。

思い出す。あの人に髪を撫《な》でてもらったことを。

刹那、少女の胸を万感の思い出が駆け抜けた。

わずか十七年の人生だったけれど、短いとは思わない。絶対に忘れないと誓った、自身を構成する大事な欠片《かけら》がここにある。抱きしめるように胸に手を当て、わずかに目を閉じた。

忘れなければいつでも会える。四肢などただの容《い》れ物だ。必要なのは宿敵を打ち倒すための力。血の一滴、魔力の一欠片までも、すべてを力に注ごう。

そのために、勇者《わたし》はここにいるのだから――。

「さあ、いこう。みんな」

少女は顔を上げ、大空洞に向かって身を投げる。

闇がまとわりつく。少女の体を包み込む黒いもやによって肌が変色していった。それは四肢に染み込み、まるで魂までも蝕《むしば》むように少女を犯してゆく。狂神に近づきつつあるだけで、脳が悲鳴を上げた。自身の正体はお前が最も嫌悪する生物なのだと錯覚させられる。

神に挑む愚かさの代償は、無限に続く悪夢だ。狂うのは容易《たやす》い。ただ身を委ねるだけで終《しま》いだ。この自由落下のように。

だが、少女は笑みさえも浮かべている。

「また、会えますように――」

そして。

ついに心までも廃棄《カット》した。

第一話『ジャンとセラフィルナ』

勇者の尊い犠牲と引き換えに狂神が討ち倒されたという知らせは、エスカニア大陸の全土を駆け巡った。

王国から遠く離れた辺境、こんな辺鄙《へんぴ》な村にまで、だ。

「そうか」

右の袖を根本で結んだ、隻腕の青年がいる。農作業で肌が灼《や》けており、細身だがしっかりとした体格の男だ。しかし、長い黒髪の隙間から覗《のぞ》く黒瞳には、頼りない光が宿る。気鬱な顔をしていた。

彼はクワを肩に担ぎ、晴れた空を見上げながらつぶやいた。

「終わったのか、なにもかもが」

村の広場からは熱狂の声が。あるいは勇者の死を悼む泣き声が聴こえてくる。

けれど構わず、青年は地面にクワを叩《たた》きつけた。人と魔族の何百年にも及ぶ戦いに打たれた終止符を、土に刻むように何度も何度も。

ザクッ、ザクッと。

作業に没頭していると間もなく、青年の下にひとりのでっぷりとした中年男性がやってきた。

「聞いたかね、ジャンくん」

「……なんでしょうか」

畑を耕す手を止めて、青年――ジャンは額に浮かぶ汗を拭いながら問う。

中年男性は村の長であり、同時にジャンの雇い主でもある。

「魔族どもの悪い神がついに倒されたんだ。恐らく村を襲う魔物の量も激減するだろう。いや、めでたい話だが、こういうのは先に言っておいたほうがいいと思ってね。つまり、その、なんだ。防衛費を削らなくてはならんのだ。わかってくれるな？」

「……つまり、給料を下げるってことですか？」

「今年は寒波の影響で農作物も満足に取れなかった。村のためを思っての決断だ」

機嫌を損ねたように言う村長を前に、苦しいのは俺も同じなんだけどな、とジャンは声に出さず思う。村の警護をして支払われる給金は、今でも十分とは言えない。これ以上削られれば、ジャンひとりが生きていくのも難しいかもしれない。

だが、まあ。

どうでもいいと言えばどうでもいい。

「わかりました」

「そう言ってくれると思っていた。いや、ありがたい。半死半生で村に戻ってきた君に仕事をやったのは私達《たち》だ。恩義を感じてくれているのだな。ならばこれからもよろしく頼むよ」

別に――生きていく理由も、もうないしな。

村長を見送ることもなく、畑にクワを叩きつける。隻腕がうずく。その焼けるような痛みに顔をしかめながら、ジャンは口元をキツく結んだ。

「いよいよ、俺の居場所はどこにもなくなりそうだよ」

自嘲する。

左腕を天にかざし、目を細めて見上げる空はきょうも天高く馬鹿みたいに青々と輝いて見える。あの頃となにも変わっていないはずなのに、なにもかもが違う空の色だ。

村人たちは地に足がついていないように見えた。勇者が世界を救ったという報を触れ回る王都の連中が滞在しているからだろう。彼らはずいぶんと厳重になにかを運んでいるようだ。その緊張が伝播《でんぱ》したのかもしれない。この村は良くも悪くも影響を受けやすい『か弱い』村だから。

しかし、野良仕事を終えて村外れの自宅へと戻るジャンを見る目は、こんな日だというのにいつもと変わらない。

　陰気な顔をした不吉な男。隻腕の死に損ない。半人前の邪魔者。愛想も協調性もない爪《つま》弾《はじ》き。それが村でのジャンへの扱いだ。その評価を改めようと思ったこともない。

「あ、ジャンだ！」

「ねえねえ、きょうも剣を教えてよ」

　けれど、走り寄ってくる子どもたちは不思議とそんな彼を慕っていた。婉曲《えんきょく》な嫌がらせじゃないだろうな。泥だらけのジャンは困った顔をして軽口を叩く。

「おいおい、勘弁してくれよ、畑仕事で疲れてるんだ。それに俺と遊んでると、父さん母さんに怒られるんじゃないのか？　きょうも木の根をかじって腹を膨らませる予定なんだから、無駄なエネルギーを使わせないでくれ」

「なんでジャンと遊ぶと怒られるの？」

「ジャンなにか悪いことしたの？」

　無邪気に問う子どもたちに、ジャンはうなずいた。

「悪いことなら、たくさんしてきたよ。口に出せないようなことばっかりな。俺と一緒にいると、悪人がうつるぞ。ほらほら、いったいった。剣なら他の誰かに教われ」

　シッシッと手で払うと、「そうさ」と声がした。やってきたのは、長剣《ロングソード》を帯びた優男だった。ジャンは眉根を寄せる。

「サイラス」

「剣なら俺が教えてやろう。自警団をクビにされたようなやつに近寄るんじゃない。噛《か》まれるぞ」

「待て、訂正させろ。クビになったわけじゃない。一方的に給料が減らされただけだ」

「そいつも訂正しよう。俺がちゃんと村長に進言しておいたとも。あいつがいると調和が乱れるから、もういっそクビでいいんじゃないか、って。熟慮するまでもなく採用されたよ」

　顎を撫《な》でながら笑うサイラスに、ジャンは押し黙る。サイラスはその様子を見ると、途端に真剣な顔をした。

「まったく……なんでこんなところにいるんだか、お前は。恥ずかしい男だよ。村を出ていってなにをしたかも言わない。どうせ言えないことだろうがな。片腕を斬り落とされるなんて、犯罪の片棒でも担いで泥をすすってたんじゃないか？　なあ？」

　ジャンは目を逸らす。

「……この片腕には、事情があるんだよ」

「なんだ？　なにか言いたいことがあるのか。だったら言ってみろよ。できないだろう、どうせ」

　胸を押され、ジャンはよろめいた。

「村長はなんだかんだ甘いんだ。だが、俺は絶対にお前を許さないぞ。大口叩いて飛び出していったお前のせいで、父さんも母さんも失意の中で死んだんだ。いつまでもずっと償わせてやるからな、ジャン。自分のしたことを永遠に忘れるなよ」

「……兄貴」

「お前にそう呼ばれる筋合いはない」

サイラスは舌打ちをすると子どもたちを連れて歩いていった。その瞳に浮かぶ憎しみは本物だった。

取り残されたジャンは己の拳を見下ろす。村を出てなにをしていたかなんて、誰にも言えるはずがない。

今さら、言えるはずがないのだ。

村外れの自宅は、もともと倉庫として使われていたのをジャンに貸し出されたものだ。あちこちがネズミにかじられて隙間風が吹き抜けるが、風雨をしのげるだけマシだった。

家の前に、ふたりの騎士が立っていた。

「……ここは、俺の家なんだが」

ジャンは彼らに声をかける。

「もしかして村長が勝手に貸し出したのか？　だったら今夜は野宿になっちまうな……。ま、別にいいか。慣れてる。しかしお前ら騎士サマは、狂神討伐の報を伝え回っているやつらだろ？　だったら、もうちっとマトモな宿を用意してやればいいのに……悪かったな、ケチな村長でよ」

「そうか、キミがな」

男たちは答えなかった。代わりに、男の陰から、ひとりの女性が姿を現す。

くすんだ赤髪を後ろで束ねた鋭い眼光の女。麗しき銀糸と魔布を編み込んだ王国制式術衣を身にまとい、ベレー帽をかぶっている。腹の中に魔物を飼うような気性が見え隠れした。

ジャンは無意識に腰を落としていた。遅れて、自分が戦闘態勢を取っていたことに気づく。ブランクだ。以前の自分なら見るまでもなく気配で警戒していただろう。

「待て。私はキミと事を構える気はない」

彼女は相当やる。隻腕がうずき、唇を噛む。

ジャンは本心を隠すように軽口を叩く。

「王国の理術師《エリート》さんが、こんなところになんの用ですかね。わがまま国王が『田舎者の貧乏人を見たい』とでも言って、その使いをやらされてるのか？　だったら参ったな。あんたの目の前にいる男はうってつけだぜ」

女性の表情に揺らぎはない。

「私たちはキミに助けてもらうためにやってきたのだ」

「おっと、そっちの用件か。まったく、狂神が滅んだってのに世界の貧困は深刻だな。いいぜ、木の根を一緒にかじろうじゃないか。最初は辛抱しろよ？　噛んでるとだんだん甘みが出てくるからな」

「どうやらこちらの意図がうまく伝わっていないようだ。改めて言い直すとしようか」

彼女は咳払《せきばら》いをすると、おもむろに跪《ひざまず》いた。

並ぶ騎士たちも、同様に。

「……お前たち、なんの真似《まね》だ」

「剣神ジャン＝ブレイディアよ、私と共に来てくれ」

呼吸が止まる。

ジャンは首を振った。

「……その名前は、今の俺の手に余る。見ればわかるだろ。もう剣を振ることもままならないって。いいじゃないか、狂神を倒せたんだろ。あとは残った奴《やつ》らで仲良く生きていこうぜ。人同士の戦争に駆り出されるなんて、この村で邪魔者扱いされるよりまっぴらだ」

「違う」

跪いた彼女がこちらを見上げるその目には、覚えがある。なによりも見続けてきたと言っても過言ではない。

真摯に助けを乞う者の瞳だ。しかし、なぜ――？

今は無き右腕が熱をもつ。ジャンはうめいた。

「もう俺にはなにもできない。わかるだろ？　この腕じゃ、村を襲う魔物を蹴散らす程度しかできないんだ。なにもかも終わった。もうすべて手遅れなんだ。頼むから、帰ってくれ」

横を通り過ぎようとしたけれど、女はジャンに食らいつく。

「かつて勇者とともに旅をした貴方《あなた》にしかできないことが、まだ残っている」

勇者。

その言葉によって、蘇《よみがえ》る声。

花の香りと共に、聖剣を携えた彼女の言葉が。

『ジャン――。大丈夫だから、心配しないで、ジャン。あなたのために、世界を救ってくるから――』

共に旅をした少女。昼も夜もそばにいて、支え合い、背中を預けた。

だが、もういない。

世界は救われ、そして彼女は――。

「あいつはもう死んだんだろう！　俺に勇者の代わりなど務まるわけがない！　俺は利き

腕を斬り落とされた程度で諦めて、あいつを見捨てたんだ！」

弾かれたように叫ぶ。

自ら傷つくことをいとわず人を救うために戦う彼女の気高さに憧れた。どんな逆境でも諦めず前に進むことをやめないその強さが羨ましかった。自分よりふたつ下の彼女にひどく嫉妬したときもあったけれど、本当はその横に並び立つ誇らしさに、いつだって心が震えていた。

けれど――。

「俺はなにも果たせなかった。もうこれ以上、なにも期待しないでくれ。明日も朝早くから畑を耕さないと、また叱られちまう……」

「それは、大切なことか？　キミがやらなければならないことか？」

「そうさ。生きていくためだ。あいつの救ったこの世界で、俺は屍《しかばね》を晒《さら》すように生きていかなきゃならない。それがあいつにできる、唯一の恩返しなんだ」

ジャンは跪く女性を振り返ることなく、家のドアを開く。

話はもう終わりだ。

「……キミがそれを望むというのならば、それもいいだろう。それが彼女を救うよりも大切なことだというのならば」

足が止まった。

——彼女を救うよりも大切なこと、だと？

ジャンは彼女を見た。

「お前、それは」

「私の名はメルセデッサ」

女性は立ち上がり、膝を払う。

「勇者セラフィルナは存命している。彼女を救うために、キミの力を貸してほしい」

熱は右腕から全身に伝わる。

この身を焼き尽くすほどに心臓が高鳴った。

セラフィルナ管理官。メルセデッサはそう名乗った。

「彼女の容態は、極めて危険な状態にある」

騎士たちを外に残し、ジャンとメルセデッサは家の中、テーブルを挟んで向かい合う。

「狂神を倒すために彼女は限界を超えて戦った。それだけならば手の施しようもあっただろう。けれど、今の彼女は狂神の呪いに侵されてしまっている。いや……呪いを押さえ込んでいると言ったほうが正しいかもしれないな」

「……呪いだって？」

「ああ。彼女が死ねば、その呪いは大陸中に拡散するだろう。史上最強の勇者である彼女以外が呪いに触れれば、どんなことになるかわからない。地は腐り、海は淀《よど》み、人は絶えるだろうというのが、学者たちの見解だが」

「とんでもねえ置き土産だな。死んでまでタチが悪すぎるだろ」

「同意だ」

ろうそくの光に照らされたメルセデッサの表情からは、その内心が読み取れない。

「このままでは彼女はいつ死んでもおかしくない身だ」

「それほど深い傷を負ったのか……？」

「身体的な外傷はもうほとんど見つけられない。問題は中身だ。余命は幾ばくもない。事は急を要するのだ」

メルセデッサは語る。

「彼女が呪いを溶かし尽くすまで、彼女にはこの世界で生きてもらわなければならない。そのために、キミには彼女のそばにいて、支えになってほしいのだ」

「……支えになるっつったって、もう今にも死にそうなんじゃないのか？」

「我々は世界の破滅を防ぐために、彼女を生き長らえさせる手段を模索している。キミもそのひとつだ。もっとも――この任務は非常に危険なものだ。無論、キミには断る権利がある」

そこまで言って、メルセデッサは金属製の箱をテーブルの上に置いた。

柄のように魔法陣が描かれたその箱の封印を、メルセデッサはひとつひとつ慎重に外してゆく。

「今の彼女に近づくためには、これが必要だ」

蓋が開く。辺りの温度が急激にあがったような気がした。蒸気とともに現れたのは、銀色の小手――右腕だった。

「魔族たちが作り上げた究極の兵器――魔神器。これは壊れているが、それでも封忌指定済みだ。狂神を倒すために三種の魔神器を装備した彼女に近づくためには、キミもまた魔神器を身に着けなければならない。でなければ、言葉を交わすことすらもままならないのだ。だが、適合しなければキミは命を落とすかもしれない。仮に適合したとしても、発狂するほどの痛みがキミを襲うだろう。彼女よりも先に、キミが心を壊すことになるかもしれない」

なるほど、連中が大事に運んでいたのはこれだったたか。

は、とジャンは笑った。

「とんでもない話だな」

「肯定する」

「あいつを救うために人生だけじゃなくて、命まで懸けろってか。田舎者への期待が重すぎるだろ。……ま、別に死ぬぐらいは構わねえけどさ。どうせ世界が滅びるっつーなら、遅かれ早かれだ。むしろ、あのとき死ねなかったせめてもの罪滅ぼしができるんだったら、上々だな」

メルセデッサは首を振った。

「否定だ。キミに死なれては、とても困る」

「……ああ、そうかい」

さっきまで、いつ野垂れ死んだっていいつもりだったのに。

まさかそんなことを言われるとは、思わなかった。

ジャンは銀色の右腕を見下ろしながら、拳を握りしめる。

「ひとつ聞きたいことがある」

乾いた声が出た。

「なんなりと」

「どうして、俺なんだ」

からからのノドで問う言葉は、まるで自分のものではないようだ。

「あいつの支えになれるようなやつは、他にたくさんいるだろう。なのになぜ、こんな俺じゃなきゃいけないんだ。魔神器ってのは、いくつもあるようなもんじゃないんだろ」

「彼女は、キミの名前だけを覚えていた」

「……俺の、名前を」

胸が痛む。

「そして、伝えたいことがあるようだった」

「……それは?」

メルセデッサはジャンの目を見つめながら言った。

「もし会わないというのならば、聞くべきではない。キミは恐らく、その言葉を永遠に背負うことになるだろうから」

銀色の小手を見下ろす。

斬り落とされた右腕が、それに重なって見えた。

浮かんでは消えてゆく言葉。

――そんなバカな。あいつは俺のことを路傍の石としか思っちゃいねえよ。同じ名前もきっと同姓同名の赤の他人だ。つーわけでこの話はなかったことに。帰ってくれ。明日からまた、畑仕事があるんで。はいお疲れ様。

違う。言いたいのはそんなことじゃない。

胸の中には、本当の言葉がある。

ずっと言えなくて、誰にも言えなくて、へらへらと笑いながらごまかしてきた。胸の奥でくすぶっていた真実の炎は、いまだ消えずに残っているのだ。あの日から、ずっと、ずっと。

今、言わなかったら、いつ言うんだ。

――また同じ過ちを、繰り返すのか？

ジャンは顔を上げた。

「俺が必要なのか」

「肯定だ。少なくとも我々は、彼女がキミを必要としているのだと、認識している」

メルセデッサの言葉には、迷いも疑念もなにひとつなかった。

「俺じゃなければ、ダメなのか」

「肯定だ」

まったく。

こんな夢を、何十回何百回も見ていた気がする。

彼女のために、もう一度立ち上がることを赦《ゆる》される夢を。

「……この二年間、ずっと後悔し続けてきてさ」

ジャンはため息混じりに声を漏らす。

その頼りない顔をメルセデッサは真剣な眼差《まなざ》しで見つめていた。

「本当にセラのことが大切なら、共に行くべきだったんだ。なのに俺は引き返してきた。ははは、ザマァねえよな。あいつひとりを見捨ててさ。なにが剣神だ。お前の目の前に座るのは、その程度の男なんだよ」

かつて勇者と共に旅をした少年がいた。夢を抱いた純粋な少年だった。彼は剣の道を極めんと旅に出て、勇者に出会った。そして戦いの中、敗れ、腕を失った。

もはや剣を振るうことのできなくなった少年は村に帰り、余生を過ごすことにした。それは世界を救った勇者の陰にひっそりと隠れた、誰も知らない脇役の物語だった。

「なにかできることがあったはずだ。荷物持ちだって、炊事番だってなんだって。話し相手になってやることだって、できただろうさ。なのに……心の折れた俺は、諦めたんだ。あいつの優しさに甘えて。みっともない姿を見せたくなくて……俺は自分のことしか考えていなかった……！」

誰にも言えなかった心の声が、とめどなく流れ落ちる。

歴代最強の勇者。人族と魔族の数百年にも及ぶ戦いにピリオドを打った少女。人を愛する、優しき金髪のセラフィルナ＝フィンボルト。

俺もそんな風に、なりたかった。

あいつのように、美しく生きたいんだ。

「あの日に戻れるなら、もう今度は逃げたりしない！　最後まであいつのそばにいるんだ！　世界のためなんかじゃなくて！　セラのためにだ！」

テーブルに左手を叩きつけて、荒い息をついた。

メルセデッサは最後の確認をするように。

「では、良いのだな？」

「……ああ。やらせてくれ。俺にもまだできることがあるなら、全力を尽くす」

彼女は満足気にうなずくこともなく、ただ粛々と頭を下げた。

「キミの勇気と、二年間の慚愧《ざんき》に、感謝する。少し休んでから、術式に入ろう。その間に手紙をしたためておくといい。遺書を送りたい人だって、いるだろう」

「ない」

ジャンは言い切った。その視線の先には壁があるばかりだが、見ているものはもっとずっと違う景色だった。

あるいはそれは、ジャンがまぶたの裏に思い描き続けていた未来なのかもしれない。

「遺《のこ》す言葉など、なにもない。ただ、伝えたい想《おも》いがあるだけだ」

◇　◆　◇　◆　◇

周囲に被害が及ぶことも想定されていたため、術式はそのままジャンの家で施されることになった。魔神器にかけられていた封印を、一枚一枚薄皮を剝ぐように解いてゆくメルセデッサ。同時にジャンは理術によって深い眠りの中にいた。

メルセデッサの引き連れてきた多くの理術師たちも配置につく。彼らは皆、セラフィルナ管理官の補佐だ。術式に必要な魔力を供給し、万全の態勢を整えるために集められたスタッフである。

だが、それでも危険度の高い施術であることは間違いない。ジャンだけではなく、それを操るメルセデッサもだ。

鼠《ねずみ》一匹抜け出る隙間もないほどの魔力結界が敷かれ、ジャンの家は完全に隔離された。その中でメルセデッサは理術の詠唱を始める。

銀色の小手とジャンの腕の間に、幾重もの細い光の線が現れた。光はジャンの傷跡をえぐり、神経と神経の接続を始める。血が噴き出し、眠っているはずのジャンの顔に濃い苦《く》悶《もん》の色が浮かんだ。鋭利なナイフで内臓をかき回されているような苦痛が、彼には襲いかかるだろう。

しかしそれはメルセデッサとて同じこと。セラフィルナを、ひいては世界を救うことができるかもしれない唯一の青年を危険に晒す彼女の重圧と心労は、ジャンの激痛をも凌《しの》ぐかもしれない。

それでも、メルセデッサ以上の適任はいないのだから。

髪の毛よりも細い光の線を十指で操りながら、メルセデッサは深く息をつく。

「……長い戦いになるぞ」

あるいは、覚悟ができていなかったのは自分だったのかもしれない。メルセデッサは己を叱咤《しった》し、理術の制御に全集中力を傾ける。

ジャンが血を吐いて目を覚ましたのは、それから間もなくのことだった。


術式は、三日三晩に亘《わた》って続いた。

腕を斬り落とされたことすらかすり傷だったと思うほど、毎秒ごとに襲いかかる苦痛。何度この身が死に至ると覚悟したことか。永遠にも等しき時間の中で神に祈り父と母に幾度も許しを請い、それでも痛みは止《や》まずただ罰のように責め苦をもたらした。

いつまで続くのか。いつになれば終わるのか。

この選択は間違いだったのだろうか。ジャンは自問する。なにも見えない。ただ闇に堕《お》ちてゆく。自分はどこにもいなくなり、肉体が消失し意識だけが残り香のように漂うだけ。

もうなにも感じない。

もう、なにも――。

――いや。

違う。

俺は、間違ってなど、いない。

光の先に、あの日の自分と彼女がいた。

そこは見たことのない教会だ。ふたりは身を寄せ合いながら笑っている。

ただ幸せな未来だけを想像していたあの頃。二度と戻らない日々。目も眩《くら》むような、暖かくて優しい景色に、恥ずかしげもなく失ったはずの手を伸ばす。

光の糸が形を作る。絡みつき、幾重にも束ねられたそれは、失ったはずの右腕だった。

光り輝く銀色の右腕だ。

もし、取り戻せるのならば。

俺は、なにがあっても。

『――ならば――』

何者かの声がした気がして誰だと尋ねたけれど、返事はなく。

目を開いたジャンの前、見知らぬ誰かがいた。

「術式は成功だ」


意識が蘇る。

ひどくつらい夢を見ていた気がするが、もうなにも覚えていなかった。

ベッドに寝かされていたジャンは、外から差し込む朝焼けに目を細める。

「……ああ」

手を伸ばし、ふいに気づく。右腕には確かな感覚があった。見やれば、根本から銀色の腕が生えていた。ひどく重く、違和感だらけの腕だが、思うように指が動いた。これは紛れもなく自分の腕だ。

「魔神器『ヴルムの真腕《しんわん》』」

メルセデッサがその腕を撫でる。指先の感覚も、伝わってきた。

「今やその力を失い、ガラクタと化した魔神器だったが……無事、適合した。おめでとう、ジャン。キミは彼女に会うための資格を、文字通り掴《つか》み取ったのだ」

「ああ、そうか」

腹の上に手を置くと、ねちゃりと嫌な感触がする。真っ白で清潔なシーツを敷いていたはずのベッドは、血の池に浸したように真っ赤だった。同じように、自分の体も。

「……はは、すごいな。これ、全部が俺の血か。もともと赤い服を着ていたようだ」

メルセデッサの目の下には、人相が変わるほどに壮絶なクマが刻まれていた。ずっとそばにいて、魔神器の反動を受けるジャンを手当してくれていたのだろう。彼女も同じように戦ってくれていたのだ。

「術式が成功しても衰弱死したのでは意味がない。しばらくは休むといい。私も、もう体の魔力をすべて使い果たしてしまったよ」

　しかし、ジャンは首を振った。

「大丈夫だ。行こう」

「……正気か？　術式最中の己の姿を見せてやりたいものだぞ」

「生死の境から帰ってきたばかりだ。正気とは言いがたいな。けれど、今眠りにつくのも怖いんだ。休んで張り詰めていたものが切れたら、もう戻ってこられないかもしれないから。だったら、進みたい」

　メルセデッサは一瞬だけ躊躇《ちゅうちょ》したように眉をひそめたが、すぐに大きなため息をついた。

「わかった。早く支度をしろ。こんなこともあろうかと、上等な馬車を用意してある。キミの一年分の給金を集めても、乗車賃に届かないような馬車だ。安静は確保できるだろう。私も皆を集めてくる」

　そう言って歩き出そうとする彼女の背に。

「メルセデッサ」

　振り返る。ジャンは告げた。

「ありがとう」

　しかし、彼女の目は先ほどとは違い、ひどく冷たかった。

「……礼を言われるようなことは、なにもない。忘れるな。地獄はこれからだぞ」

そう言い残し、メルセデッサは去っていった。

なにか余計なことを言ってしまっただろうか。そう思いながら身を起こす。直後だ。生きたまま全身がバラバラに解体されるかのような痛みが走った。視界が暗転し、ジャンは思わずキツく目を閉じた。端から涙がこぼれ落ちる。

「なる、ほど……こいつぁ、しばらくは地獄だな」

口元に笑みさえ浮かべ、ジャンはベッドから降りて立ち上がる。手足に絡みつく茨のような痛みを引きずりながら、歩き出す。

「だが、同じ地獄でもマシなもんだ。生きている実感がわくぜ。この村で生きたまま心が腐り落ちるよりは、よっぽどな」

寝室の片隅にはホコリをかぶった大きな木箱があった。ジャンは右腕をかばいながら、その箱についた錠前を外し、蓋を開く。

中に眠っていたのは、かつて身につけていた鎧《よろい》。その下には、黒い鞘《さや》に納められた一振りの剣があった。

「結局、お前だけは捨てられなかったな……。相棒」

左腕で掴み、剣を抜いて掲げる。陽光に照らされた刃は再会を喜ぶかのように白くきらめいている。伝説や逸話をもつ類の聖剣ではないけれど、これも共に旅をした仲間だ。

「会いにいこうぜ、一緒に。俺たちのセラの下へ」

広場で朝早くから子どもたちに剣を教えていたその男は、村の外れからやってきた青年を見て、目を剝《む》いた。

全身を黒い鎧に包んだ彼は、その右腕に銀の小手をつけ、まるで一国の兵を預かる将軍のような、荘厳にして堂々たる足取りで現れた。

その背には軍服をまとう王国の術師が付き従う。ひとりひとりが、本来なら村人になど言葉を交わすことすら許されぬほどの高官のはずだ。

腰に帯びた黒鞘の剣も、いつも魔物退治に使っている長剣《ロングソード》ではない。あんなものは初めて見た。

威信高き姿に見惚《みと》れた子どもたちが感嘆の声をあげた。サイラスは我に返る。

「待てよ、ジャン！」

はばかられながらも声をかける。そう言うのが精一杯だった。

「どこへゆくつもりだ！　お前はまた、勝手な真似をするのかよ！」

お付きの術師が前に出ようとするのを、ジャンが遮った。

「兄貴。今まですまなかった」

「お前に謝られたところで！」

「俺はあんたに剣を習い、自分がどこまでいけるかを試したくて村を出ていった。もらった畑も、家畜もみんな放ったらかしたまま。親父《おやじ》たちには迷惑をかけた。なのに、こんな俺をもう一度受け入れてくれたこの村には、心から感謝しているんだ」

ジャンは頭を下げた。サイラスが歯噛みする。

「なんだよ、それ。まるで俺たちがお前のためにやったような言い方をするな！　お前はいつまでもこの村で償い続けるんだ！　それが唯一、お前の罪を清算する方法なんだからな！」

「ああ、そうだな。罪は、償わなくちゃな」

ジャンは笑った。なにもかも吹っ切った、青空のような笑みだった。

その肩をサイラスが摑む。

「おい！　また出ていこうっていうのか！　後ろの王国兵たちは誰なんだよ！　なんでそんな……どうしてお前はそうやって、いつもいつも自分ひとりで決めるんだよ！　なあ、また畑仕事も途中で投げ出すのか！」

「そうじゃないんだ、兄貴。俺は、あの日投げ出したことを、今度こそやり遂げに行くんだよ」

「ジャン！」

叫び声が、響き渡る。

「忘れるなよ！　お前は、この村の人間なんだ！　ずっと、ずっとこの狭い村で生きていくべき人間なんだよ！　お前の畑になんか、手を入れてやらないからな！　償いに来るまで、ずっとそのままにしてやるからな！」

歩き出したジャンは振り返らずに。

右手を掲げ、手を振った。

「——ありがとう、兄貴」

サイラスは呆けた声をあげる。

「なんだ、その腕は……？　なぜ、お前に腕が……」

見送りもなく、ジャンは生まれ育った村から旅立った。

六年前。ただ未来に希望だけを抱いていたあの日の自分が、今の自分を見たらなんて言うだろうか。

ずっと失望されるか、嫌悪されるばかりだと思い込んでいた。

けれど今のジャンはこう思う。

歩き出した自分を見て、少年はきっと根拠のない自信をみなぎらせたまま笑い、『がんばれよ』と励ましてくれるのだろう、と。

◇ ◆ ◇ ◆ ◇

村を出てからは、ずっと眠っていた。

失った血を回復するまでには長い休息が必要で、想像以上に体は深刻なダメージを受けていたようだ。

二週間の道程に、ジャンはただ再会の時だけを想う。

今度こそ離れない。一生を懸けてセラのそばにいる。その心を誓うための言葉を、ジャンはずっと考えていた。

ふわふわとした胸の内を形にしては、また作り直す。

自分はセラとどうなりたいのか。セラにどう思ってほしいのか。彼女を支えるために一番いい形はなんなのか。己の深いところまで、どこまでも掘り進んでゆく。

セラが困っているのなら力を貸したい。セラを支えたい。彼女とずっといたい。生涯をセラと共に過ごしたい。

そうか、つまり俺は。

どうしてこんな簡単なことに今まで気づかなかったのだろうか。

俺は。

――セラを愛していたのだ。

愛する人と生涯を共にするためにどうすればいいか、そんなことは誰だって知っている。

だから、つまり、自分の望みは、そういうことなのだろう。

なんて恥ずかしいんだ。

ようするに俺はずっと――セラと、結婚したかったのか。

ジャンは馬車の中、思わず顔を押さえた。セラがどういう状況にあるのかもわからずそんな邪《よこしま》なことを考えている自分が、ひどく不誠実な男のように思える。

とりあえず今は眠り、体力の回復に努めよう。

ただ、もう一度会いたかったと。

それだけを今は、伝えたかった。

ベルアメールの城都に到着したその日もジャンはずっと眠っていて、メルセデッサが持ってきたたくさんの公文書にサインを求められたときの記憶も、あやふやだった。

けれど、もう少しでセラに会えるのだと。

それだけがわかっていれば、よかったのだ。

◇　◆　◇　◆　◇

城都はジャンの村の数十倍の広さをもつ。その中心にあるのはベルアメール城だ。巨大な岩を思わせるような武骨な作りは、この地がかつて戦乱に見舞われていたことに起因する。

市街のどこからでも見上げることのできる城だが、その地下は深く、誰も知ることのない地下通路が幾重にも走っていた。

これも、そのひとつだった。

長い階段を下りていった先は、秘匿された城の地下部分。いつ作られたのかもわからないような古い石造りの通路だ。

灯《とも》されたたいまつの火は、まるで古代から一度も消えたことがないかのごとく淀んで揺れている。これが冥府への入り口だと教えられれば、信じてしまうかもしれない。

怖気《おじけ》づいたわけではないのに、体が前に向かうことを拒否していた。

この先にはとてつもなく恐ろしい何者かがいる。本能は悲鳴をあげ、泣いて今すぐ村に帰りたがっていた。これがセラの制御を失った魔神器の暴走だろうか。だとしたら大したものだな。ジャンは拳を強く握る。

「ここから先には、私たちは入れない」

メルセデッサはそう言って、地下へと続く階段を下りきったところで立ち止まった。

「どうか、セラフィルナさまを、頼む」

「ああ」

短くうなずいて、ジャンは足を踏み出した。

通路をゆく。

息苦しい。生物の体内を手探りで進むようなおぞましさだ。壁から染み出してきた黒いモヤが、ジャンの手足に絡みついてくる。そのまま溶かされ、飲み込まれるような恐怖感。強い頭痛と吐き気に見舞われ、思わず壁に手をつく。石造りのはずなのに触れた感触は屍《し》肉《にく》のようで、頭がおかしくなりそうだ。

そのときだった。銀色の腕がわずかな光輝を放つ。雲のかかった月明かりのような頼りないものだったが、しかし光を浴びた黒いモヤは音も立てずに消失した。間もなくして、不調が治まってくる。

「早速役に立ってくれたな」

銀色の腕を撫でる。それは熱をもってジャンを迎えた。熱さを頼りに、冷えた廊下をただ歩く。

どれほど歩いただろう。

やがて通路の先に、光が見えてきた。

そして、なにかが聴こえてくる。

これは歌だ。

誰かが歌っている。

その歌にはなんの感情も乗っていなかった。調子の外れた、音程もテンポも乱れた歌を聞いて、ジャンの心が泡立つ。

けれど、足は決して止まらない。

まるで魔神器同士が結びつく力に引っ張られるかのように、ジャンは進み続けた。

メルセデッサの言葉が蘇る。

『忘れるな。地獄はこれからだぞ』

俺は。

いったい、なにを見ることになるのか。

徐々に大きくなってくる光を前に、もはや後戻りすることは許されない。

そして。

ジャンの体は光に包まれた。


空からは太陽光が差し込んでくる。ジャンは一瞬自分が今どこにいるのかを忘れてしまいそうだった。

ここは紛れもなく地下深くだ。見上げれば、天井は一面が硝子《がらす》張りである。地上から光を集め、ここに届けているのだろう。

辺りには水路が流れ、花が咲いている。まるで庭園のように美しい景色だが、ここは牢《ろう》獄《ごく》なのだ。世界を救ったはずの少女をひとり閉じ込める、煉獄《れんごく》の最下層だ。

呪いを浴びた少女の姿を探す。歌はとぎれとぎれに聴こえてくる。

見つけた。

ひときわ高くなった段の上に座り、彼女は素足を清らかな水に浸しながら、空を見上げていた。

「セラ！」

彼女の目が、揺れ動く。

優しげな微笑を浮かべた口元も、意志の強い瞳の輝きも、星の光を集めて編んだようなきらびやかな金色の髪も、見る影がなかった。

唇には色がなく、瞳は光を宿さず、そして髪は錆《さ》びた黄銅のようにくすんでいる。手足はやせ細り、かつてならばその美しさを飾り立てるはずだった純白のドレスを着せられた様はマネキンのようだった。

「セラ……？」

これが、あの。

彼女の水晶球のような目に、絶句したジャンの顔が映る。

狂神を討ち倒し、世界を救った勇者セラフィルナは、そこにはいなかった。

ただひとりの、心が壊れた少女が、調子外れの歌を歌っていた。

ジャンは水路に足をつけ、水をかき分けながらセラフィルナに近づいてゆく。

彼女はこちらに視線を向けているが、決して見てはいない。目の焦点が合っていなかった。

「なあ、セラ」

返事はなかった。

膝まで水に浸《つ》かりながら、少女の前に立つ。目線より少し高い場所にいる彼女は、ジャンの向こうを見ながら歌を歌う。声など聞こえていないようだ。

「俺は会いに来たよ、お前に。ずっと会いたかった。もう一度、お前と話をしたかった」

彼女の胸元には、黒いまだら模様が描かれていた。

これが狂神の呪いか。

世界を滅ぼすほどの怪物を倒し、その上で呪いの拡散を防ぐために、彼女は自分を犠牲にしたのか。

なぜそんなにも、つらい選択を。

生きながら朽ち果てるような道を、お前は。

「泣き虫だったくせにさ、セラ……。剣神の俺と初めて会ったとき、手合わせだとかなんとか言ってきて、挑みかかってきたじゃねえか。でも、全然俺に勝てなくてさ。最後の方なんて、涙ぐんでたよな。お前、ずっと泣いてないって意地張ってたけど。そんなお前が、世界のために献身しようだなんて、似合わないんだよ」

違う。そんな話をしに来たわけじゃない。

「逃げればよかったんだ。狂神なんて放っておいて。きょう明日に世界が滅ぶわけじゃない。なんたって人間と魔族はもう千年以上も戦いを続けてきたんだ。お前がいなくなったところで、次の勇者が現れるさ。お前が命を懸ける必要なんて、なかったんだよ」

そうじゃない。

「なのに、そんな姿になってさ……。バカだよ、お前は。なにが魔神器だ。俺は一個取り付けるだけで死ぬような思いをしたのに、それを三つだって？ ちょっとの怪我《けが》で大げさに痛がってたお前が、そんなことできるわけないだろ……。なあ、セラ。本当は嫌だったんだろ？ 怖いのも、苦しいのも、嫌いだもんな。わかるよ、お前と旅をしていたんだ。ずっと、わかってたんだよ」

ジャンはセラの手を握った。

剣を握り固くなったその指は、生者のものとは思えないほどに冷たかった。宝石を扱うようにこわごわと撫でる。それでも彼女はジャンを見ようとはしない。

「俺はさ、本当は、世界なんてどうでもよくて……こんなこと言ったら、きっと怒られるし、軽蔑されるだろうって思って、言えなかったけど……ただ、お前だけを守れれば、それでよくて……だから、右腕のなくなった俺じゃ、お前を守れないと思って、それで、逃げ出して……」

　初めて会った日のことを思い出す。

　王国で開かれた武術大会に優勝したジャンは、剣神の称号を与えられた。別に目的なんてなにもなくて、ただ強くなりたかったのだ。勇者の仲間として選ばれたジャンは、その旅に随行すれば、もっともっと強くなれると思っていた。

『――君がウワサの剣神くんだね。わたしとそう年も変わらないのに、ずいぶんやるみたいじゃない。ね、ひとつお手合わせをお願いさせてもらおうかな』

　逆光の中、カッコつけて現れた少女は、ジャンに一方的な勝負を挑み、あっという間に蹴散らされていた。

『ガーン……。そんな、わたし同じぐらいの年の子に負けるなんて、初めて……』

『お前いくつだよ』

『十三』

『俺よりふたつも下じゃねえか』

『そーゆー問題じゃないの！　ああもう！　まだ負けてないからっ！　勝負は、ここから！　そう、三本先取！　ううん、十本先取だよ！　ああっ、なにめんどくさそうな顔してるの!?　ダメダメ、立って立って！』

　しつこいやつだった。何度も何度も戦って、最後にはどちらも体力が尽きて、夕日の中で地べたに寝っ転がっていた。

『いやー……ウワサ通り、お強いですねー……。でも、うん、君と一緒なら、安心、かなー……？』

見やれば少女は笑っていて、ジャンがその意味を知ることになるのは、もう少し後のことだった。

謁見の間で再会した彼女はちょうど今と似たような純白のドレスを身にまとっていて、絶世の美少女を前にしたジャンは思わず言葉を失ってしまったのだ。

『その力、今度はわたしを守るために役立てることを、誓ってくださる？』

顔を近づけてささやきかけてくる彼女の、いたずらな笑みを思い出す。

思えばあの日から。

ジャンの剣は、ただひとりのためにあったのだ。

「俺は」

ジャンはセラの手を握る。

強く、握る。

伝わらなくても、伝えたくて。

「俺は、お前が、好きだ」

銀の腕がわずかな光を放つ。

ジャンはそれに気づかない。

「愛している、セラ」

ただ彼女の目を見つめながら、告げる。

「旅の最中、何度も告白しようと思っていたけれど、俺はただの剣士で、お前は世界の勇者さまだ。でも、言えばよかった。俺は！　お前を！　セラフィルナを世界の誰よりも愛しているって！」

伝えたい想いだけが、ここにあった。

力強く叩きつけるような言葉を叫んだ次の瞬間だった。

ジャンの右腕――『ヴルムの真腕』に赤い線が走る。それはまばゆく輝き、セラとジャンの影を強烈な光で焼く。

自分の中のなにかが引き出されるような感覚に、ジャンは思わず歯を食いしばる。気がつけば意識ごと持っていかれそうだった。

メルセデッサの話では、この魔神器はとうに機能を停止していたはずなのに。しかしそれは今、紛れもなく全力で可動していた。魔神器の放つ光が世界を染め上げる。

水が、大理石の壁が光を反射し、真っ白い部屋の中。

セラが、目を、開いた。

「ジャン」

手が。

「嬉《うれ》しい」

握り返される。

「セラ、お前」

それはジャンの装着する魔神器が引き起こした、どのような奇跡だったのか。

セラが壇を降りようとして足に力が入らず、その体をジャンに預けてきた。

軽くて柔らかい、少女の体を抱きしめながら、ジャンの両目からは涙が止まらない。

その時間が永遠に続けばいいとさえ思うほどに胸がいっぱいで、言葉が出なかった。

セラはジャンをその瞳に映し、口を開く。

「わたし、約束を、守ったよ」

約束？

それはずっとセラが伝えたかった、ジャンへ贈る言葉。

『ジャン――』

ずっと、胸の中で繰り返されるだけだったあの日の言葉が、あの日の笑顔が、あの日の後悔がすべて。

今の彼女が、塗り替える――。

「――あなたのために、世界を救ってきたよ」

ジャンはセラを抱きしめる。

声を上げて泣いた。

もう二度とこの手を離さない。

彼女が呪いを溶かし尽くすまで、五十年。いいや、百年でも、千年だって、俺は彼女のそばにいるだろう。

償うためじゃない。罪滅ぼしなんかじゃない。そうしたいからそうするのだ。今度こそ、本当に自分のしたかったことをやり遂げるために。

「セラ」

なぜなら俺は、彼女を、心の底から、愛しているのだから。

「——結婚しよう」


世界を救った勇者は狂神の呪いを浴び、腕を失った男がその傍らに立った。

諦観を、後悔を、逃避を、過ちを背負いながら、ふたりは万難の道を征く。

未来は優しく、果てなく、幸せになれるのだと信じて。

手を取り合い、共に歩いていこう。


——勇者の君ともう一度ここから。

第二話『ハッピーエンドの前借り』

ドレスのままベッドに眠るセラの横顔を、見つめていた。

地下庭園に建てられた彼女の城は、小さな白い家だった。そこには生活に不自由しない程度の設備と、おそらく一生をここで過ごしても退屈をしないようにと様々なものがあふれていた。

ハッキリ言えば、散らかっている。

「……旅の最中、余計なものを買うゆとりなんてなかったもんな」

ベッドを囲むように並べられたぬいぐるみを見て、思わず笑ってしまった。

ジャンと再会したセラは気絶するように意識を失った。そんな彼女を見てずいぶんとうろたえたのだが、すぐに穏やかな寝息を立てていることに気づいた。

医術の心得はないけれど、恐らく心配はいらないだろう。眠る彼女は安らいで見えて、昔の面影が感じられたのだから。

ふと、気配を感じて振り返る。

「……ん？」

寝室のドアに隠れながら、ガクガクと震えるメイド服姿の少女がいた。

背は小さく、年の頃もセラと初めて会ったぐらいだろう。肩まで伸ばしたふわふわの茶色の髪を二つに結んでおり、頭の上にはちょこんとメイドカチューシャが載っかっていた。陽だまりが似合いそうな丸い黄金色の瞳といい、全体的な小動物っぽい雰囲気といい、なんとなく犬を連想させるような娘だった。

彼女は恐怖に怯《おび》えた顔で握りしめたモップをこちらに突き出しながら叫ぶ。

「だだだだだ誰ですかぁ!?」

「え」

なぜここに、人がいるのか。セラには魔神器を身につけたものしか近寄ることはできないはずだ。

少女はブンブンと当たらないようにモップを振り回し、こちらをめいっぱい威嚇してきた。

「ゆ、ゆーしゃさまがお庭にいらっしゃらないから、慌てて探しに来たら、こんな、こんなところでなにやってるんですかぁ！　無抵抗のゆーしゃさまを襲うつもりなら、こ、このルーニャが許しませんよぉ！　えい！　やぁ！　えぃぃ！」

「危ないな」

ジャンが簡単にモップを手のひらで受け止めると、ルーニャと名乗った少女はますます絶望的な顔になった。

「ああ、そんなぁ……絶対的な戦力差を感じますぅ……。うう、お願いですからぁ、ゆーしゃさまにはお手を触れないであげてくださぁい……その方は、とっても偉大なお方なんですぅ……。汚さないでくださぁい……。もし必要なら、わたくしめが、ちんちくりんですがわたくしめが代わりになりますからぁ……」

思いっきり勘違いしているようだ。

ええと……。なぜメルセデッサから話が通されていないのか。そういえば最高機密だのなんだのという説明を受けた気もする。半泣きで壁に背を張り付けたままこちらを睨《にら》んでいる彼女に、ジャンは努めて優しく、

「違うんだ。ええと、ルーニャ？　俺はジャンって言って……なんていうか、その、かつてセラの仲間だった男でさ」

「セラ……？　えっ、ゆーしゃさまに、なんて馴《な》れ馴れしい口を……あなたさまは、いったい……。えっ、仲間だった……？　えっ」

ルーニャはこちらに歩みかけてきて、はたとその足を止めた。

「そ、そんな言葉を信じるわけないですぅ！　ルーニャはゆーしゃさまのことをすべて完璧に任されているんですからぁ！　さぁ、ほらぁ、なにをもたもたしてるんですかぁ！　お好きにすればいいじゃないですかぁ、わたくしの身体《からだ》を！　気が済んだら帰ってくださぁ

い！　ここはわたくしとゆーしゃさまだけしか入っちゃいけない場所なんですからぁ！」

　取り付く島もないというのは、このことか。参ったな。ジャンは頭をかく。

「ルーニャ」

　貴人の声に、メイドの少女は弾《はじ》かれたように顔をあげた。

「え……ぁ……？」

　目を白黒とさせるルーニャ。ジャンは振り返る。ベッドの中で横になった彼女から、くぐもった声がする。

「その人は、わたしの、大切な人だから……。もてなしてあげて……」

「ゆ、ゆーしゃさまぁ……？　そ、そんな……初めて、初めてゆーしゃさまに、名前を呼んでいただき、いただ、いただけて……っ」

　ルーニャの目がたちどころに潤んでゆく。

「いつも、あなたには迷惑ばかり、かけちゃっているね……。ありがとう、ルーニャ……。あなたがいてくれて、わたしは幸せよ……」

　あっという間に、堤防が決壊した。

「そんな、そんなぁ、もったいないお言葉ぁ～～～！　うわぁぁぁぁん！　これからも誠心誠意、がんばりますぅ～～～！　うわぁぁぁぁぁんゆーしゃさま～～～！」

　地上にまで届くかというほどの泣き声に、さすがのジャンも耳を塞いでしまった。本当に、なんなのだこの娘は。

「ゆーしゃさまのお客様とは知らず、本当に失礼なことをしてしまいましたぁ……。うう、本当に、本当に、申し訳ございませんでしたぁ……」

「いや、いいさ別に。気にしてないし」

人に疎まれたり嫌われたりするのは、慣れっこになってしまった。だからほとんど気にしていなくて、むしろそんな風に地面に額をこすりつけるようにして頭を下げられる方が困る。

「わたくしは、ゆーしゃさまのお世話ごと以外に、能がない一介のメイドですぅ……。どうか、ゆーしゃさまのおそばに仕えさせてくださぃ……。この役目を取り上げられたら、わたくしにはもう行くところがありません……」

「俺にそんな権限はないし、第一セラが『ありがとう』って言った相手だ。どうこうするわけねえさ」

ルーニャはぐずぐずと鼻を鳴らしながら、「ありがとうございますぅ〜〜……」とまだ泣いている。ううむ。

それよりもだ。

「起きてて大丈夫なのか、セラ」

そう尋ねるとベッドの背もたれに体を預けていたセラは、うん、とうなずいた。

「まだちょっと頭はぼーっとしているけど、でも、会いに来てくれて嬉《うれ》しいよ、ジャン」

「俺は別に、そんな」

思うように言葉が出てこない。

どうしてこんなに緊張しているんだろう。会うのは二年ぶりとはいえ、しばらく一緒に旅をしていて、すっかり気心も知れているはずなのに。相手が世界を救った勇者になってしまったからだろうか。

たぶんそれは違う。

変わったのはきっと、自分の方だ。

「ごめんな、セラ」

「え？」

まずは謝ろう。面と向かって。

そうだ、ひとつひとつ清算していかないと。

ジャンは頭を下げた。

「あのとき逃げ出して、お前をひとりにした。どんなに謝っても許されることじゃないかもしれない。だけど、許してもらえないかもしれないからって、謝らない理由にはならないから」

セラはぼうっとジャンの顔を見つめている。

言葉を咀嚼《そしゃく》して呑み込むまでの、わずかな間が空いて。

「……ううん、いいの。わたしはジャンが無事でいてくれたことが、なによりも大切だったから」

真正面からそんなことを言われると、思わずセラの顔が見られなくなった。

耳が熱くなる。先ほど結婚を申し込んだときは無我夢中だったが、もしかしたら自分は相当すごいことをしてしまったのではないだろうか。うひゃあと声に出さずにルーニャが顔を押さえていた。そのリアクションこそが恥ずかしかった。

「で、でも、俺がいなくなったあとも、何人も仲間が加わったらしいじゃないか。お前の活躍はどこにいたって聞こえてきたぜ」

聞こえてくるたびに、右腕が痛んだのだけど。

「うん」

セラは感情の削《そ》ぎ落とされたような声で。

「いい人たちだったよ。みんな、死んじゃったけれど」

馬鹿なことを言ってしまった。

「……なあ、セラ」

「うん」

「俺はそばにいるから。セラのそばに」

「ジャン」

鼓動が跳ねる。

儚《はかな》げなセラは透明で、幽鬼のようだった。

まるで病魔に冒されたようにやつれた彼女に、誰もが目を見張るような美しさはない。

しかしベッドに佇《たたず》む彼女は背筋が寒くなるほどに綺麗《きれい》だった。

魂すらも吸い込まれてしまいそうなその蒼瞳《そうとう》に映るものは、無だった。

「わたしに返せるものは、もう、なにもないんだよ。わたしのすべては、あの地の底に置いてきちゃったんだから」

「違う」

ジャンは思わずセラの腕を取った。

先ほどまでの緊張など、欠片《かけら》も残さず吹き飛んだ。

黒斑が覗《のぞ》く腕は細く、摑《つか》んだだけで折れてしまいそうだった。

「お前はまだ生きているじゃないか。俺のこともちゃんと覚えていてくれた。だったら、いくらでもやり直すことはできるんだ。今度こそ、信じてくれ。俺がお前を幸せにしてみせる」

証明できるのならば心臓をえぐり出しても構わないほどに、力強く告げる。

「お前は世界中の誰もが羨むほどの幸せを手にするんだ。呪いのためじゃない。お前はそれだけのことをやったんだ。そうなるべきなんだ」

「……」

セラはぼんやりとジャンを見やる。先ほど感じた死神めいた美しさはもはやなく、そこにいるのは迷子のように頼りなく瞳を揺らす少女だった。

「……ありがと、ジャン。あなたの気持ちは、すごく嬉しいよ。……でも、わたしにはそんな未来が想像つかないや」

ずっと人のために戦い続けてきた少女が、今さら自分の幸せに目を向けるなど、それはきっととても難しいことなのだろうと思う。

だとしても、たかが幸せだ。ここには世界を救った勇者と、かつて剣神と呼ばれた男がいるのだ。

道は必ず斬り拓《ひら》ける。ジャンはそう信じていた。


ここはリビングだった。あのあとまたすぐに眠りについたセラがいる寝室で騒ぐのも忍びなかったので、場所を変えたのだ。

「それよりも、ルーニャ」

「はっ、はいぃ」

地面に正座する彼女に、そう固くならないでくれと頼みながら、気になっていたことを質問する。

「どうしてお前は、セラに近づいても、無事なんだ？　まさか魔神器を身にまとっている……っていう、わけじゃないよな？」

困惑しながら首を横に振るルーニャ。魔神器のことは本当に知らないようだ。

「わたくしは……、ゆーしゃさまのお世話をするために、この王国に運ばれてきましたぁ……」

「運ばれてきた？　もともとはどこにいたんだ？」

「レガリア、という国ですぅ……。でも、その国にいたときのことは、なにも覚えてなくてぇ……あの、申し訳ございません……」

叱られると思ったのか、彼女はまた頭を下げた。

魔法大国レガリア。

もちろん知っている。それは狂神軍との戦争の最前線に立っていた場所であり、そして狂神軍によって草の根ひとつ残さず滅ぼされた王国だ。

一体いかなる手段を用いたのかわからないほどに、もはやレガリアはどこにも現存していない。その後を伝えるものもどこにもいない。彼《か》の国は消滅したのだ。

「生き残りがいたのか……」

どうやったのかはわからないが、レガリアの出身なら、もしかしたら魔神器を無効化するための術《すべ》をもっているのかもしれない。ま、それを彼女に問い詰めたところで意味はないだろう。ルーニャはジャンがここに来ることすら知らされていなかったのだ。

「そうか、しかしこの広い地下をたったひとりで管理してるんだな……。どうりで寝室も、散らかっていたわけだ」

「あ〜〜うぅ〜〜！」

ルーニャは頭を抱えて悶《もだ》える。

「どうしてもひとりじゃ手が足りなくてぇ……！　わたくし、ここに来るまでメイドなんてしたこともありませんでしたからぁ〜〜……」

「だろうな。花の世話もあるんだろ？　二本の手なんかじゃ到底足りない。気持ちはわかる。だが、安心しろ。もう大丈夫だ」

警戒心を解くためにポンとその細い肩を叩《たた》き、ジャンは親指を突き上げて笑った。子どもの相手は得意なつもりだ。

「きょうからはひとりじゃないぞ。俺も一緒に手伝う」

「えっ……えぇぇぇ!?」

なぜだかルーニャは悲鳴を上げた。顔色が徐々に青くなってゆく。なぜだろうかと思いながらも、ジャンはさらに続ける。

「そのために来たんだ。掃除だって、炊事だって、洗濯だってな。花の世話はやったことないがなんとかなるだろう。セラが少しでも居心地よく地下暮らしができるように、ふたりでこれから支えていこう。なぁに心配するな。教えてくれればなんだってできる。どんなことでも覚えるぞ。俺はもう逃げないって決めたからな」

「だ、だめですぅ！」

ルーニャは両手で大きくバッテンを作った。

「ジャンさまのことは、もてなせってゆーしゃさまに命じられたんですぅ！　お客様にお仕事を手伝わせるなんて、そんなの、そんなの絶対にだめですぅ！」

「ええー……？」

うめくジャンに、ルーニャは眉を吊り上げていた。

掃除するルーニャの後ろについて回って、その仕事を少しでも手助けしようとして断られて……そんなことを繰り返していると、ガタンと音がした。

「あっ、ポストですぅ」

とてとてと走ってゆくルーニャは庭園にあるパイプの口を開く。そこには手紙が落ちていた。上階からパイプを伝って送られてきたのだろう。面白い連絡手段だ。

ルーニャは今度は手紙を抱えて、家へと戻ってゆく。リビングの本棚から一冊の背の擦り切れた辞書を取り出し、開いた手紙と辞書とを熱心に見比べる。

その様子を眺めていたジャンは、思わず尋ねた。

「文字、読めないのか？」

「べ、勉強中ですぅ！」

「そうか、なにかを新しく学ぼうっていう気持ちは大事だな。素晴らしいぞルーニャ。おっと、そこの綴《つづ》りは『脳みそ』じゃなくて『今すぐに』だぞ」

ルーニャがすごい勢いで振り返ってきた。また余計なことを言っちまったかな、と内心反省しているとだ。

「ジャンさま、文字読めるんですかぁ!?　すごい、すごいですぅ！」

目がキラッキラに輝いていた。

「え？　あ、うん。まあ」

そんなに驚かれるようなことだろうか。まあ、自分の田舎臭い風体はどう見ても貴族のものではないだろうし……。

「すごいですぅ、尊敬しますぅ……！　わたくしも勉強しているんですけど、なかなか難しくてぇ……」

「もしかして、手紙を読むのに時間がかかっているから、掃除とかの時間が足りなくなっているのか？」

「う……。はいぃ……」

今度はしょんぼりと落ち込んだ。喜怒哀楽がコロコロ変わって忙しい女の子だ。

一日中ずっと地下でセラの世話をしているのだ。勉強する暇もないだろう。ジャンは考え、だったら、と提案する。

「手紙は俺が読むよ」

「えっ……」

今度はその顔が絶望に染まった。だんだんこの子のことがわかってきた。彼女は今の仕事がとても大切なのだろう。それを誰かに奪われることを、ひどく怖がっているのではないだろうか。

ここは彼女の大事な居場所なんだ。彼女がどんなに幼くて、たとえ身分が低かったとしても、あとからやってきたのはジャンの方だ。だから配慮して、続ける。

「その間にルーニャは仕事を片付けておいてくれ。それが終わった後で、俺がルーニャに文字の読み方を教える。というのはどうだ？」

「ええっ!?　そ、それはぁ……あ、で、でも、教師なんて雇うほど、わたくし、お給金もらってないですしぃ……」

「いらねえって。その代わり、変な癖がついちまっても勘弁してくれな」

ルーニャは何度も口を開いたり閉じたりしながら、適切な言葉を探っているようだった。

まばたきを繰り返し、

「どうしてそんな、わたくしなんかのためにぃ……？」

「そりゃもちろん」

決まってる。

「セラが幸せに生活できるように、さ」

百パーセントではないが、今度こそ信じてもらえたようだった。

◇◆◇◆◇

手紙はジャンに宛てられたものだった。

ここベルアメールはクアラクネ王国の首都である。

城都を覆う結界は古より生きる名高き賢者が張ったもので、その堅牢《けんろう》さはクアラクネ王国随一と言われている。

首都の王城の地下に瘴気《しょうき》を撒《ま》き散らす勇者セラフィルナをかくまうというのは、多くの反発があったことは想像に難くない。しかし魔族に奪われる危険性を鑑みれば、仕方ない結論だったのだろう。狂神が滅びたとは言え、まだ魔族の残党は生き残っているのだから。

そんなことを思いながら、ジャンは中庭を歩く。向かうのは、城から少し離れたところに立つ石塔だ。どうやら国王の居る王城には入れてもらえないようである。ま、これも仕方ないことか。

ふと、横に立つ教会が目に入った。軽く中を覗く。整然と並んだ椅子とその奥にある台座が目に入った。

将来的に、ここで自分がセラと式をあげることになるのだろうか。いや、今のセラは外に出ることもかなわない状態だ。高望みはよそう。

首を振って、待ち合わせ場所に向かう。

塔の二階に、メルセデッサの部屋があった。

「よく来たな。適当なところに座れ。報告を受けよう」

「それはいいんだけど、なんでわざわざメルセデッサの部屋なんだ。悪いが、俺はお前とおしゃべり以外のことをするつもりはないぞ」

女の部屋に招かれたことの意味を指摘すると、メルセデッサは怪訝《けげん》な顔をする。

「よくわからないが、セラフィルナさまの件は最重要機密事項だ。特別に結界を張った会議室をいちいち用意すれば誰かに感づかれる可能性もある。手狭で見苦しいかもしれないが、その辺りは耐えてくれ。セラフィルナさまのためだ」

「……いや、いいんだ。俺が悪かった。すまない。申し訳ない」

適当に椅子を引いて座る。なるほど、その若さで出世したエリートだけあって、色々と削ぎ落とさざるをえなかったものもたくさんあるようだ。

「じゃあ報告だ。セラからあの言葉を聞けたよ。すべてあんたのおかげだ。ありがとう、メルセデッサ」

ぽろりとメルセデッサは持っていた書類を落とした。

ジャンが代わりに拾って手渡す。

「どうかしたか？　疲れてんなら、俺は一度戻るぞ。セラがいつ目覚めるか心配だからな。起きたときには、そばについていてやりたいし」

メルセデッサは「いや」と首を振り、書類を拾い直す。

「……あの言葉が聞けた、だと？　話せたのか、セラフィルナさまと……？　そうか、やはりキミが……」

驚いた。自分に魔神器を取り付けたときにすら平然としていた彼女の瞳から、一筋の涙がこぼれたのだ。

「よかった。あの方は、もしかしたら救われるかもしれないのだな。本当によかった」

「……あんたにも、人の心があったんだな」

「そうだな、私も驚いたよ。とうに捨てたものだとばかり思っていた」

メルセデッサは目元を拭い、赤い目でハンカチを見下ろしながらぽつりと語る。

「セラフィルナさまを戦場に送り出したのは私なのだ」

「送り出した？　あいつは自分の意思で戦いに行ったんだろ？」

「そうさ、表向きはな。だが当時、十三歳だった彼女にとっての自らの意思など、どうにでもできる。私は死地に赴くことを強要した。命令したならばまだ潔かっただろう。だが私は人々の救済を求める声と、彼女の優しさを利用した。最も卑劣な手段だった」

「……」

ジャンは口をつぐむ。メルセデッサもまた、ずっと後悔していたひとりだったのかもしれない。

「セラフィルナさまは勇敢に戦った。その結果が、今の彼女の姿だ。帰ってきたセラフィルナさまを見たとき彼女が宿す魔神器に魂を吸い取られかけた私は、そのまま死んでも構わないと思っていた。それが私の罪を償う唯一の方法だと。だが、違ったのだな」

「ああ。そんなことをしても、セラは余計に悲しむだけさ」

それだけは確固たる自信をもってうなずく。

「それに、今思い出したよ。セラはあんまり自分のことを語りたがらない性格だったけどさ、自分と仲良くしてくれた赤髪の女性の話を聞いたことがあるんだ」

「……なんだと」

燃えるような赤い髪をもつ彼女を見ながら、ジャンは昔話した言葉を思い出して語る。

「勇者の力に目覚めてから、今まで仲良かった人たちが離れていったり、腫れ物扱いするようになっていく中、その人だけは変わらずに接してくれたんだ、って。セラは嬉しそうに言ってたよ。あいつは利用されたなんて思っちゃいないよ。ただ、守りたかっただけなんだ。人々も、そしてあんたのこともさ」

「……そうか」

メルセデッサはもう一度ハンカチを当てて、つぶやいた。

「あの方は……セラフィルナさまこそが、真の勇者だ。今度は我々が彼女に報いなければならないな」

「気が合うじゃないか、メルセデッサ。俺もそうしようと思っていたところなんだよ」
フ、とメルセデッサは小さな笑みを浮かべた。
「しかし、セラフィルナさまが意思を取り戻したということは、もしかすると『インシニミアの獄門』を解除することができるようになるかもしれないな」

「それってあの黒いもやを吐き出している魔神器か？」

「肯定だ。王国に伝わっていた魔神器『ヴルムの真腕《しんわん》』と違い、あれはセラフィルナさまが魔界で入手したものでな。我々にはなにも情報がないのだ。恐らく当時の彼女の仲間は知っていたのだろうが、皆、生きて帰ってくることはできなかったからな……」

「あとはセラから直接聞くしかないか」

「その目も出てきたというところだろう。もしこのままセラさまの容態が快復に向かうようになれば、今度はキミが世界の救世主だな」

ジャンは首を振った。

「そんなもんに興味はないさ。俺はセラが心穏やかに暮らすことができれば、他にはなにもいらないよ。しかし、お前は『ヴルムの真腕』を、ガラクタと化した魔神器と言ったな？　だが、セラの意識を呼び覚ますことができたのは、この魔神器のおかげだぞ」

「間違いなく『ヴルムの真腕』は破壊されている」

「……いや、だけど」

「それは我が師が戦地から回収したものだ。『ヴルムの真腕』だけに備わっている特殊な固有能力はとうに失われている。セラフィルナさまの心を呼び覚ましたのは、魔神器同士が共鳴した結果だろう。師父はそれを見越して、キミに魔神器を与えることを提唱したのだ」

「ふうん……壊れて、いるのか」

ジャンは左腕で銀腕を撫《な》でる。最近ではわずかに触覚すら取り戻しつつある。まるで自分の本来の腕のように。奇妙な義手だ。

「壊れていなければ、今頃はキミの寿命も縮めていただろう」

メルセデッサの声が、一段低くなった。

「……というと？」

「セラフィルナさまは、三種の魔神器を装着していると言ったな。それはもはやセラフィルナさまの体と同化し、決して外部から取り外すことはできないのだ。そして魔神器はそれぞれ、装者に莫大《ばくだい》な代償を要求する。例えばそれは魔力であったり、意識であったり、そして寿命であったりするのだ」

メルセデッサは突き刺すような目で、ジャンの右腕を睨んでいた。

「制御が失われたことにより、魔神器はセラフィルナさまの中で暴走を続けている。それを止めなければ」

「……」

セラの命を救うカギとなるのは、間違いなく自分のもつ『ヴルムの真腕』ということか。

「……責任重大なお役目だ」

壊れたガラクタで、今なお絶賛稼働中の三つの兵器をどうにかしようというのか。まったく、自分らしい悪あがきじゃないか。

「しかし、敵はあの方の中だけじゃない。他にも、セラフィルナさまを殺すことによって、魔族が呪いの解放を図っているという噂《うわさ》もある」

「今や死んだ神様の忘れ形見だもんな。あいつらの思考回路なら、十分にありうる話だ」

しかもセラを殺せば呪いの破裂によって人間も丸ごと滅亡させられるときたら、戦争に負けた魔族が一発逆転を賭けるにはうってつけの話だろう。

セラフィルナを守るためには、魔神器からも魔族からも、さらに呪いからも彼女を守らなければならないということか。

「……やれやれ、ゴールインはずいぶんと先の話になりそうだ」

「ん、それはなんだ？」

「なんでもない、こっちの話さ。そういえば、ひとつ頼みたいことがあるんだが、メルセデッサ」

手を振って話を逸《そ》らす。セラに結婚を申し込んだなどと言えば、自分も危機のひとつに数えられかねない。

「なんだ？　できるかぎりのことはするが、あまり無茶な頼みごとは聞けないぞ。私はセラフィルナ管理官という、立場の難しい特殊な役職だからな」

仏頂面で告げてくるメルセデッサに、ジャンは頬を緩めた。

「あんたの裏表のない部分、なんだかちょっと好きになってきたよ。なあに、大したことじゃない。ルーニャっていうメイドがいるだろう？」

「妙なことを言うな。しかしそうか、ルーニャに会ったんだな。ルーニャか……ルーニャな……」

　メルセデッサはひどく複雑そうな顔をした。

「あの子はよくやっているか？　唯一、『インシニミアの獄門』の影響を受けずにセラフィルナさまの世話をできる人間だ。あの娘も私が見つけ出してきたのだよ。メイドとしては不出来だが、他に人材もいない。熱意だけはあるのだが……」

　不出来な彼女をセラのそばに送ることに、なにか思うところがあるのだろう。

「正直なところ、ひとりでセラの面倒を見るのは大変そうだ。なんたってあの広さだからな。そこでだ――」

　人差し指を立て、メルセデッサに頼む。

　その申し出を聞いて、赤髪の管理官は思いっきり眉根を寄せた。

「キミは、正気か。なぜ自ら進んでそのような真似《まね》を。まさか呪いが頭に回ったのか」

「心外だな……。これでも真剣に考えた結果なんだが……」

「というわけだ」

「はぇ…………」

　地下に戻って書状を突きつけると、ルーニャは目を丸くした。

「あの、ええとぉ……そなた、命じる、役職、えとぉ……」

「いやすまん、これは任命書だ。ここで生きていく以上、働かなくちゃいけないだろ？　だから、仕事をもらってきたんだ。つまり、これからよろしく頼むよ、ルーニャセンパイ」

手を差し出すと、ルーニャは不安げな顔をしたままその手とジャンの顔を交互に見つめる。

「えっ、えっ……えっ？」

「つまり、こういうことだ。俺が新しく加わった地下の使用人。そして君はきょうからメイド長だ」

「…………ふぇっ!?」

長い沈黙の後、ルーニャは突如としてビクッと震えた。

「メイド長!?　わたくし、しゅっ、出世!?　出世したんですかぁ!?」

「そうだ。セラの身の回りの世話をひとりでしていた功績がたたえられ、評価されたんだ。だから俺という部下がひとり加わった。きょうからよろしく頼むよ、センパイ」

ルーニャは両手をギュッと握りしめ、輝くような笑顔でうなずいた。

「はいぃ！　よろしくお願いしますぅ！　メイド長のわたくしがジャンさんにお掃除の仕方とか教えて差し上げますねぇ！　なんなりと頼ってくださいぃ、センパイですからぁ！」

えっへんと胸を張るルーニャを見て、ジャンは計画の成功を確信した。

こうして、セラのお世話をする係がふたりに増えたのだった。


とりあえずは、掃除だ。ジャンはメルセデッサに用意してもらった服に着替え、散らかった部屋を手分けして片付ける。

ルーニャはときどき様子を見に来て「そうじゃないですこういうやり方ですよこういうー！」と妙に偉そうに指示を飛ばしてきた。それもまあ、新鮮な気分だ。

「ふたりでお掃除するのって楽しいな……。村にいた頃は厄介者扱いされてたから、俺が近づくと大人たちはみんな煙たそうに見てきたんだよなー……」

「後輩さんもけっこうつらい人生歩んできたんですねぇー……」

「どうかな、人並み程度だよ。村から出てすぐに就職先も見つかったんだから、むしろ順風満帆なもんじゃないかな。優しいセンパイもできたしな」

「にへへ。わたくしも従順な後輩さんができて嬉しいですぅ」

世間話も大盛り上がりである。

食材もパイプを通じて上から送られてくるようだ。自分たちの分を作るだけなので簡単に済ませると、使用人の住まいを案内された。

「なるほど、白いのはセラの家で、俺たちはこっちに寝泊まりするのか」

「そうですよぉ、お部屋はたくさんありますから、心配しないでくださぁい。わたくしも気分によって寝るお部屋を替えてるんですぅ」

余計に掃除が手間になるだけではないだろうか。

ついていくと、ボロ屋が建っていた。屋内なので隙間風が吹き抜けてゆくというわけではないけれど……。

「こりゃ、プライベートは大工仕事で埋まっちまうな。ま、いいか……。資材は頼めばもらえそうだし、住み心地のいい家を作るのは楽しみだ。旅ばっかりの人生だったからな」

一応部屋数は四つあり、不自由はしないようだ。

「わたくしは普段はここですから、お好きなところを選んでくださぁい」

部屋を選んだ後は、ルーニャに少し読み書きを教えることになったのだけれど、それはすぐに終わった。机にもたれかかったまま、うとうとし出したルーニャをベッドに寝かせ、ジャンもまた眠りについた。

さて明日はなにをしようか。なにをすれば起きたセラが喜ぶだろうか。そんなことを考えながら。

セラが再び目を覚ましたのは、それから数日後のことだった。

◇◆◇◆◇

朝告げ鳥のような歌が聞こえた。

自分はまだ夢を見ているのだろうか。ジャンは身を起こす。しかしいつか聞いた少女の歌声は鳴り止《や》まない。ベッドから飛び起きた。

歌は庭園から聞こえてくる。数日ぶりに彼女が目を覚ましたのだ。

ジャンは急いで外に出る。旋律を追いかけるまでもなく、セラの姿はすぐに見つかった。

透き通った泉に足を浸しながら、まるで踊るような足取りでステップを踏み、歌を奏でている少女がいた。

跳ねるたびに舞う水飛沫《みずしぶき》は、朝日に乱反射して光彩を描く。

あまりにも幻想的で、目も眩《くら》むような美しい純白の光景だ。

ここが瘴気に犯され、誰ひとり立ち入ることのできない死の庭だと忘れてしまうほどに。

歌が止むまで邪魔をしたくなくて、声をかけられなかった。

やがて歌い終わった彼女に、ジャンは小さな拍手をした。

「セラ。調子がよくなったのか」

真っ白なドレスを着た彼女は、頭になぜだか目隠しの布を巻いていた。だが、その軽やかな所作には一分の不安もない。

「ええ、なんだかとっても気分がいいの。背中に翼が生えたみたいだよ」

セラフィルナは旅をしていたときと変わらない、無邪気で明るい声色で問う。

「ところで、わたしに話しかけてくるあなたはいったい誰なのかな」

「――」

動揺を気取られないように押し殺すのは、きっと無理だったと思う。

「ああ、ごめんね」

彼女は水を手のひらですくいながら。

「今のわたしは、ただの心だから。わたしが棄《す》てたわたしの心」

ぱしゃりと水を泉に撒く。

「きっと、拾うのを後回しにしちゃったからなんだろうね。深い胸の奥で動けなくなっていたのよ。でも、ようやく外に出てこられた。お日さまをたくさん浴びて、早く元気にならなくっちゃ」

そう言って童女のようにクスクスと笑う。

まるで水辺にひそむ妖精だ。何者にも囚《とら》われない、自由な。

それが何よりも違和感だった。

「もうなにもかも、忘れてしまったのか……？」

「ううん、そうじゃないの。思い出には、眠ってもらっているだけ。わたしの頭、ずいぶんと無茶な使い方をしちゃってたから。いっぺんに出てくるのがちょっと怖くって」

「……それは、つまり」

セラの言葉を理解しようと努める。今の彼女は、自分の機能に制限をかけているということか？

本来の自分のままに振る舞うのは、病み上がりの状態では心配だったから、あえて心だけで現れたのだというのか。

脳を十全に働かせることができないほどに、それほどまでセラは弱っていたのだ。

ジャンはメルセデッサが言っていたことを思い出す。魔神器の暴走に蝕《むしば》まれた彼女は、いつ死んでしまってもおかしくない身だという。

しかし、セラはなぜ意識すらも閉ざしてしまっていたのか。

ジャンは知る由もない。――セラが戦うためだけに、己の心を廃棄《カット》してしまったことなど。

あのね、とセラは口を開く。

「本当はね、わたしの心はバラバラに砕け散ってしまうところだったの。たぶん、生きようとする力を使い切ってしまっていたんだ。それなのに戻ってこられたのは、きっと、とても嬉しいことがあったんだね。今のわたしには、思い出せないけれど」

「……それは」

ふいに目頭の奥が熱くなる。

「なんだろうな、そのいいことって」

「さあ？　でも、よっぽどいいことに違いないよ。あんなに感情が震えたのは、久しぶりだったもの。わたしは食いしん坊だから、美味《おい》しいものでも食べたんじゃないかな」

セラが「おいでよ」と手を伸ばし、ジャンを誘う。

眠っていた数日間もきっと、必死に戦っていたのだ。

ただ回復を待つだけじゃなくて、どうすれば自分がこの生命を繋《つな》ぎ止めることができるかを考えて、考えて。そうして選んだ結果がこれだ。

きっと彼女はたくさんの生きるための理由を探しているのだ。そうすることで、どうにかして余命を伸ばそうと手を尽くしている。己を奮い立たせている。

たとえ心だけになっても。

一日でも長く生きるために――。

ジャンはそのことが今はただ、胸が震えるほどに嬉しかった。

「あなたと話してると、なんだか心地良いよ。がんばれる力をたくさんもらえて、どんどん元気になってくるみたい。きっとわたしはあなたのことを好ましく思っているんだね」

「……本当にか？　俺はお前にけっこうひどいことをしたんだぜ」

「心はウソをつけないんだよ」

そう言って笑う彼女はジャンの手を取った。

「あなたの手、温かい」

頬に当てて、安らいだ顔で笑う。

「すごく、安心する。わかった。あなた、わたしのお父様でしょう？」

「違うよ。そんなに年は離れてない」

「そうなんだ。ごめんね？　わたし、なにも見えなくて」

まるで仕掛けたいたずらをしくじったような顔で、彼女は小さく舌を出す。

「だから目隠しをしていたのか」

「いいでしょう？　こうしていると、周りの人も『あの子は目が見えないから、近づくときには気をつけよう』って思ってくれるかな、って」

記憶がなくても、その発想は間違いなくセラだ。自分のことよりも、いつも人のことを思っている。

「セラが元通りになったら、その目も治るのか？」

「どうかな、わかんない。目だけじゃないんだよ、もっといろんなものを失っているの。三本の鎖が絡みついているせいで、うまく拾い集めることができなくて」

彼女を縛る三種の魔神器。対象の魔力を吸い上げる代わりに、絶大な力を付与する兵器だ。そのスイッチをオフにすることが、傷ついた彼女にはできないでいる。

その問題がある限り、セラの容態は完全には回復しないのだ。

「大丈夫だよ。なんとかなる、なる」

ジャンの不安な気持ちを見通したかのように、セラは気丈に微笑《ほほえ》む。

「いつまでも目が見えなくたって、触れることはできる。こうして、あなたの体温を感じることだって。ねえ、名前を教えてよ。すぐに忘れてしまうけれど、でもあなたの名前を呼びたいの」

手に触れるその頬は柔らかく、されど冷たくて。

「ジャンだ」

「ジャン。うん、なんだかしっくり来る。たぶんわたし、あなたの名前を呼び慣れていたんだね。歯と舌と喉が、あなたの名前を呼ぶ作りをしているもの」

「なんだよそれ」

「ウソじゃないよ、ジャン」

顔を近づけてきて小さく口を開く。彼女の桜色の唇を見て、ジャンは喉を鳴らす。今の彼女がなにも覚えていられないのだとしたら、口づけをしてもすぐに忘れてしまうのならば。

目を逸らす。まったく、魔が差すとはこのことだ。

「ざんねん」

「……なにがだ？」

「キスされるかと、思ったのに」

膝を抱えてこちらを覗き見るようにしている少女は、目隠しをしているのにすべてを見透かされているような気がした。

「セラ、お前な」

「怒らないで。こう見えても、勇気を出したんだよ。期待と不安が半分ずつ。でも、あなたはこんなときに唇を奪うような卑怯《ひきょう》な人じゃなかった。それが嬉しくて、つい口が滑っちゃったの」

卑怯なのはセラだ。そんな風に熱っぽく言われてしまうと、返す言葉がない。

記憶にも身分にも囚われない彼女は、ここまで自由なのか。くだらないものに縛られている自分が圧倒的に不利じゃないか。

「まったく……ワガママお嬢様にはお手上げだよ。悪いことは言わねえから、玩具《おもちゃ》にするのは俺ぐらいにしておけよ」

「優しいね」

「お前のお父様だからな」

「ううん」

ジャンの手を両手で握りしめながら、セラは甘くささやいた。

「あなたがお父様じゃなくてよかった。だってわたし、さっきからずっとドキドキしてるもの」

今だけは戦いの最中に死んだ人たちのことも忘れて、ただひとりの少女のように。

「……次にわたしが目覚めたときにも、そばにいてくれる？」

「ああ」

その言葉だけは、胸のうちからするりとこぼれ出た。

これが心に従うということなのかもしれない。

「ずっとそばにいるよ。俺はお前のために、ここにいるんだ。結婚まで申し込んだんだからな」

「わあ」

セラは両手を合わせて感嘆の声を漏らす。

「なんて素敵。お姫様みたい。あなたがわたしに結婚を申し込んだの？　わたしのどこを好きになってくれたの？」

うっと漏れるうめき声。

「そんなの………たくさんだよ」

「聞きたいな、すっごく聞きたい。だってそれ、本当に嬉しいんだもの。わたしのことを好きになってくれる人がいるなんて、きっとわたしは考えたこともなかったんだよ。こんな真っ白な気持ちに心が満たされるなんて、信じられない」

はしゃぐ彼女は泉に浸していた足をばたつかせる。髪や肌に水がかかって、目隠しが外れた。その下の表情は、本当に嬉しそうだった。

「わたしね」

セラはジャンの名前を呼ぼうとして、けれどもう覚えていなくて。心だけの彼女は男の手をギュッと握りしめた。

「わたし、きっとあなたのことが、すごく好きなんだよ。だってこんなに嬉しいことなんて、人生で初めてなんだもの」

それはなによりも聞きたかった言葉だったのに。

恥ずかしくて、照れくさくて、つい茶化してしまう。

「なにも覚えていないのにか」

「思い出がないだけで、覚えているよ」

セラは胸に手を当てた。

「心が、ちゃんと」

言ったことを次から次へと忘れてしまう彼女と、とりとめのないことを話し続けた。

セラが歓喜の感情によってもう一度生きようと思ってくれたのなら、それを与え続けることが彼女の存命に繋がると信じて。

ジャンは張り切って言葉を紡ぐ。

しかし、それだけがすべてではなかった。

本当は、楽しかった。すごく楽しかったんだ。

まるで初めて出逢《であ》った頃のように。セラは自分のことをなにも知らず、取り繕おうと思えばいくらでも取り繕うことができて。

格好良いままの自分でいられることが、すごく、心地よくて。

けれど、それでは駄目なのだということはわかっている。

泉のほとりで身を寄せ合いながら、じゃれ合うように笑ったこの日のことをジャンはずっと覚えているだろう。

いつかすべてを背負いながらもこうして笑える日を夢見て。

ハッピーエンドの前借りは、確かにジャンに道筋を示してくれたのだから――。

第三話『それは少女が夢見た景色』

闘剣場にてジャンは木剣を手に、大柄な男と向かい合っていた。斬りかかってくるその太刀筋を最小限の動きで避け、剣を突き出す。

絶妙な位置に差し込まれた木剣に体勢を崩され、男は尻餅をついた。ジャンは倒れた男に見向きもせず、声を発する。

「次」

今度は若い騎士だ。粗削りだが筋がいい。慣れない右腕でさばくのに苦労しつつも、相手のミスを突くと途端に崩れた。周囲からは一蹴したように見えただろう。

「次」

挑みかかってくる騎士たちを、ジャンは次々と打ち破ってゆく。右腕の訓練に付き合ってほしいと闘剣場を訪れたジャンへの手荒い歓迎は、騎士たちの面目が丸つぶれで終わりそうだ。

しかし悔しがっているのは一握りで、残る騎士たちのほとんどはかつて勇者とともに戦っていた伝説の人物と剣を交えることができて、むしろ誇らしい顔をしていた。

「いやあ素晴らしい。二年間行方をくらましていた剣神の輝きは、いまだ衰えずといったところかな」

「そう見えるかい？」

息も切らさずに壁際に戻ってきたジャンに、ひとりの男が声をかけてきた。ゆったりとしたローブを着た銀髪の男だ。長身だが、見下ろされているような威圧感はない。ただその顔の造形が驚くほど美しく、一目見たら二度と忘れそうになかった。

「いやあさっぱり。僕は剣のことが少しもわからなくてね。とりあえず当たり障りのない世辞を言ってみただけなんだよ。その顔を見ると、どうやら外れたようだ」

男は爽やかに笑う。その態度に思わず毒気が抜かれてしまった。

「こっちはリハビリだからな。腕が重くてへとへとさ。体もキレも昔に比べたら全然だな。それでも利き手《みぎて》で剣を扱えるだけマシってもんだよ」

「そうかそうか。しかしもう狂神も滅んだというのに、どうして今さら稽古なんて？　青年は十分すぎるほどに強いだろう。人と戦うのにそれ以上の力が必要とは思えないな」

「そんなことねえよ。俺はまだまださ」

「君がまだまだなら、彼らは生まれたての子鹿だな。歩くのもままならないだろう」

騎士たちを指しながら厳しい顔でそう言う男に、思わず笑ってしまった。

「ずいぶんな毒舌だな、あんた。それともただの正直者か？」

「どちらかというと、臆病者のはずなんだけどね。おかしいな、君と話をするのが妙に楽しいのがいけないんだ」

まるで知己のように振る舞ってくる。妙な男だ。

「話を戻そう。それともあれかな？　君にとっては強くなること自体が目的なのかい？」

それはあながち間違いでもない。

「ま、強くなっておくに越したことはないだろ。なにがあるかわからないし……それに」

ジャンは興味深そうにこちらを見つめる男から視線を外し、なにも言わず肩をすくめた。

強くなりたいのだと、今になって強く思う。もしあの頃、右腕を斬りおとされてなおセラを守れるだけの力があれば、こんな想《おも》いはせずに済んだのだろうから。

「弱い自分は、嫌いなんだ」

「そうか、なるほど、よくわかる。でも青年が嫌いなのは、弱い自分ではなく、そもそもが自分自身なのではないかな？　なんてね」

「……それはいったい」

核心めいたことを突く男に抗弁しようと顔をあげると、もうそこに男はいなかった。

いったい、何者だったのだろうか。

「最近、闘剣場に顔を出しているそうだな」

　定例報告会にて待つメルセデッサは、剣呑《けんのん》な雰囲気を醸し出していた。彼女のような美形が目を尖《とが》らせていると、それだけで圧迫感が凄《すさ》まじい。

「キミと戦える者たちは嬉《うれ》しそうだが、キミがなにかを得られるとは思えない。時間の無駄ではないのか？」

　部屋には大量の文献が積み上げられている。床には足の踏み場もないほどに書類が散ばっていた。ひっきりなしに人の往来があり、事態を把握している者の顔色は皆、青白かった。

　そのような状況で、ジャンは肩をすくめた。

「……なんにも得られない戦いなんてないさ。特に俺は二年も前線から離れていたからな。勝負カンは取り戻さないと。魔族だっていまだにセラを狙ってるんだろ？　どんなにセラのためにがんばったところで、横からかっさらわれたら敵《かな》わねえからな」

　視線を逸らさずに告げると、メルセデッサは押し黙った後、「すまなかった」と頭を下げた。

「私が急《せ》いていたようだ。そうだな、今後のことを考えるなら、キミの選択は正しい。セラフィルナさまはこれからも生きてゆくべきなのだから」

「……どうかしたのか？　セラに、なにかあったのか？」

やけに素直に謝った彼女に尋ねると、静かに首を振る。

「地下から漏れる瘴気《しょうき》が、ついに地上にも影響を及ぼし始めたのだ。真上の芝生が黒く変色していたのを庭師が発見した。枯れ果て、しばらくそこではどんな草木も育たないだろうという話だ。今はまだ人への影響は見受けられないが、それも時間の問題だろう」

「……そう、か」

メルセデッサの焦りもわかる。いまだセラの症状は快復に向かっていないのだから。一刻も早くどうにかしなければならないと、誰もが思っているのだ。

「危惧していても仕方ない。最善は尽くしている。きょうの会議を始めよう。これだ」

メルセデッサはいつもどおりの生真面目な表情に戻り、紙束を差し出してきた。

そこには最重要機密と書かれている。ホイホイと人に見せられるようなものでないのはわかった。気にせず手に取る。

「魔神器についての伝承を集めてきた。『インシニミアの獄門』の情報はなかったが、手がかりぐらいにはなるだろう。セラフィルナさまは今、魔神器に命を奪われ続けている。彼女の意思とは裏腹に、それぞれの魔神器は暴走状態にあるものと予想される。このままではセラフィルナさまがどうなるかはわからない」

結局のところ、問題はそこなのだ。

セラの容態はずっと安定していない。

記憶を失っていた頃は平和だった。しかし今になって思い返せば、彼女が彼女らしく振る舞えていたのは、再会以降あの時だけだった。

今の彼女には複数の症状が現れている。

こんこんと眠り続けるときもあれば、目覚めて一日中ぼーっと壁を見つめていることもある。人形のように黙り込んだと思えば、普段らしく振る舞い、自らの力のなさに悲しみを湛《たた》えていた。

これがいかなる要因か、ジャンやメルセデッサにはわからなかった。けれど、セラがもはや自分の状態をコントロールできていないのだとするならば、決して良い兆候ではないだろう。

体だって不自由そうで、目も見えていない状態が続いている。

ジャンはセラに希望を与え続けることが、彼女の命を紡ぐ糧になると、今でも信じている。だが……それだけではいけないのだ。

タイムリミットは刻一刻と近づいている。

狂神の呪いを解呪することができないのなら、あとは魔神器を止める以外に手立てはない。

「セラがどうなるかわからないって……具体的には？」

メルセデッサは歯に衣着せぬ物言いであった。

「衰弱死だ。彼女は息絶え、狂神の呪いは拡散される。王国は滅びるだろう」

だろうな。

もし、『インシニミアの獄門』を始めとした魔神器を制御できないままならば、その日は近い。

「魔神器ってのは、いったいなんなんだ。聖剣や神槍《しんそう》とはどう違うんだよ」

「古来より世界に眠る魔具。その中でも、特に人知を超えた力を発揮するものに与えられる名称であり……そして、使用者の命を蝕《むしば》む禁断の装具だ」

「そんなものを三つも、か……」

だからこそセラは狂神を倒した。倒すことができた。しかし、今度は手に入れた力に苦しめられている。

「どうすればいいのかわからない状況は、ずいぶんと深い沼にはまり込んでいるように感じるな」

「案ずるな……とまでは言わないが、まだ打つ手はある」

「本当か？　だったらもう少し早く」

メルセデッサの苦々しい表情を見て、ジャンは察する。

「……大丈夫そう、じゃないのか、そのあては」

「セラフィルナさまを助けるために、奔走してくださっている方がいる。しかし、旅に出られて以来、一向に音沙汰が無いのだ。まったく……どこでなにをしているのか……」

囚人のようなため息をつく彼女の肩を、ぽんと叩《たた》く。

「あんまり、心労を背負い込みすぎるなよ。世界の破滅がお前の両肩にかかっているわけじゃない。できることを、少しずつやっていこうじゃないか」

「……頭ではわかっているつもりだ。私ひとりが焦ったところでどうにもならないとはな。だが、仕方ない。これは私の性分だ」

メルセデッサはジャンの手を払いのける。

「それに、気安いぞ。私とキミは同じ目的のために動くだけの関係だ。友になったつもりはない。接する態度はわきまえろ」

「さっきまで世界を恨むような顔をしておきながら、よく言うぜ。ま、元気が出たならいいさ。とにかく、なにかあったら教えてくれよ。俺にできる限りのことはなんでもするからな」

「キミのことを信頼しているわけではないが」

そこでメルセデッサは咳払《せきばら》いをした。

「キミのセラフィルナさまへの想いだけは、信用しているつもりだ。『ヴルムの真腕《しんわん》』を移植するときに、あの極限状態の中、何度も何度もうわ言で名前を口にしていた。偽りではないと信じているぞ」

「ああ、もちろんだ」

うなずいたあとで、ふと気づく。

「もしかして、今度は俺を励ましてくれていたのか？」

不器用な彼女はやはり微笑《ほほえ》みもせず、顔を背けた。

「言っておくがこれは、あくまでも作戦のための言葉だ。キミの精神状態はセラフィルナさまに与える影響が大きい。私とは違ってな。それもしっかりとわきまえろ」

「ああ、ありがとよ。で、俺の精神状態をさらに安定させるために頼みたいことがあるんだけどさ」

「聞こう」

「少し休め。お前が無理をしすぎると心配だ。精神が乱れる」

メルセデッサは目を丸くして、言葉を失っていた。小さないたずらに引っかかったように悔しそうな顔で小さくつぶやく。

「まったく……キミはセラフィルナさまのことだけ考えていればいいのだ」

「考えてるさ。いつだってセラと、彼女を取り巻くその世界のことをな」

その減らず口に、メルセデッサは沈黙した。諦めたように首を振り、ジャンとともに立ち上がる。やれやれとため息をついた。

「二時間だ。休んだらまた仕事に戻る。それで十分だろう」

「精神の安定に協力してもらえて助かるよ」

笑いながら言うと、メルセデッサもようやく口元をほころばせた。

「強引な男だ」

それぐらい強引じゃないと、一度見捨てた女にいまさら求婚するなんてこと、できねえからな。ジャンは声に出さず答えた。


地下に戻ると、ルーニャが小さなスコップを片手に花を手入れしていた。

「おかえりなさぁい、後輩さん」

「帰ってきたよセンパイ。土産もないけどな」

と、立ち止まる。そういえば『インシニミアの獄門』のせいで、上階の草木が枯れたという話だったが。

「魔神器の影響下にあるのに、ここの花は咲くんだな」

「このお花は、わたくしの故郷に咲いていたお花なんですぅ。ティネっていうんですよぉ。真っ白で、とっても綺麗《きれい》ですよねぇ」

「魔法大国レガリアの花か」

ルーニャ同様に、魔力に対してなんらかの抵抗力をもつのかもしれない。だからこそ、セラの近くでも咲いていられるのだろう。

「それでも花びらが散っちゃうこともあるので、こうしてお掃除しているんですぅ」

無事な花もあれば、そうじゃない花も出てくる。散った花に眠り続けるセラを重ねてしまい、ほんの少し心が重くなった。

「じゃあ、俺はちょっとセラの様子を見てくるよ。手伝いはその後にするからさ、センパイ。もうちょっとひとりで持ちこたえてくれよ。必ず応援に駆けつけるからさ」

「あのぉ」

歩き出そうとしたところで、呼び止められた。

「後輩さんは、ゆーしゃさまとご結婚したいんですか？」

「ん、んー……」

こないだの話を聞いていたのだろう。さて、どう言うべきか。真っ直《す》ぐな視線に晒《さら》され、ジャンは困った。

「そいつぁな、嬢ちゃん。まだお子様な嬢ちゃんには早い話だよ。オトナの世界に立ち入るべきじゃねえ。家に帰ってママにでも教えてもらうんだな。ふっ」

「もうお母さんはいませんし、帰るおうちもありません。そしてわたくしはセンパイですよ。質問に答えてくださぁい、センパイ命令ですぅ」

有無を言わさずに告げられ、ジャンは彼女を子供扱いしたことを少し反省した。それはそうとして、寂しそうな顔に口を開く。

「結婚したいのはやまやまなんだけどな。だが、前途は多難だ」

あの日以来、セラが自ら結婚の話題を口にすることはなかった。

忘れているというわけではないにせよ、きっと今の自分の容態を気にしているのだ。

「ゆーしゃさまにもしかして嫌われているとかじゃありませんよねぇ？」

「本当にそうだったらめちゃくちゃ落ち込んじまうな」

「わかりましたぁ」

ルーニャはドンと胸を叩いた。

「このセンパイが！　後輩さんのささやかな恋路を応援いたしますぅ！　任せてくださぁい！　わたくしにできることがあれば、なんなりとおっしゃってくださいねぇ！」

また新たな人生の目標ができたような顔で笑うルーニャに、あー……とジャンはうめいて、とりあえず告げた。

「じゃあ、花壇の手入れを頼む。式には花が必要だろ？」

「式には花が必要ですね！　もちろんですぅ！　任せてくださぁい！」

体よくルーニャを追っ払って、もといルーニャに快く協力を取り付け、ジャンはセラの下へとやってきた。セラは珍しく起きているようで、ノックに「はい」と小さな返事をしてくれた。

声の調子から、きょうのセラは会話ができる状態のようだ。ならば、胸に手を当てて深呼吸する。ここからは明るく元気な自分を見せなければならない。へその下に気合を入れてから、ドアを開く。

「セラ、入るぞ。どうだ調子は」

ベッドに横たわっていたセラは、もぞもぞと身を起こした。

「ん……いつも通りかな？　ありがと、ジャン。心配してくれて。あ、でもあんまりこっちに近付かないで……」

「え？」

嫌な汗が背筋を伝う。先ほどルーニャに言われた言葉を思い出し、自分がなにかしただろうかと我が身を振り返ってしまう。

セラは毛布を引き寄せて、頭までかぶる。くぐもった声が漏れてきた。

「わたし、パジャマのままだから……。こんなだらしない格好、あんまり、見られたくない」

消え入るような、か細い声だった。

恥ずかしがる彼女になんと答えていいものかわからず、ジャンはドキドキしながら
「……あ、ああ」とだけうなずいた。

別にジャンだって女性の裸を見たことがないわけではない。だが、目の前の少女はやは

り自分にとって特別なのだと思い知らされる。

　とりあえず、嫌われていないようでよかった。

　セラは巣穴から顔を覗《のぞ》かせるリスのように、毛布から頭を出す。

「なんだかごめんね、ジャン。……でも、平気なの？」

「平気って、なにがだ？」

「だって、いつもわたしの御見舞いに来てくれるから……。そんなにお仕事、休めるのかな、って……」

「……えっと」

　そうか、セラは自分がこの地下室で使用人をやっているということを知らないのだ。どうなのだろう、自分がセラを追いかけてここにやってきて、さらにその世話をするために仕事をもらったと聞いたら……。ドン引きしてしまうだろうか……。

　わずかな時間の熟考の果てに、ジャンはとりあえずウソだけはつかないように答えることにした。

「ああ、まあ大丈夫だよ。なんたって世界を救ったセラの見舞いなんだからって、上司も気持ちよく送り出してくれてるよ」

　上司《ルーニャ》はいってらっしゃいと言ってくれていた。だから間違いではない。

「お前はお前が思っている以上にすごいやつなんだぜ、セラはさ。だから『いつもいつも顔を見せて鬱陶しいわね。暇なの？』ぐらい言ってくれても全然構わないんだぞ」

セラはくすっと笑った。よし、ジャンは内心ガッツポーズを取る。きょうもセラの笑顔を見られた。

「さて、きょうは眠くなるまでなにをするか。俺がセラと旅していた最中の思い出話か？それとも、騎士から仕入れてきた小話にするか？　ここの騎士どもは品のないやつが多すぎて、十個聞いた話の中で九個は上品なお姫様にゃ聞かせられないもんだったよ」

両手を広げて近づいていくと、急にセラが激しく咳《せ》き込んだ。

身体《からだ》をくの字に曲げて、苦しげに顔を歪《ゆが》めている。

「セラ！」

咳き込むその口から吐き出す息は、まるで黒煙。そこから伝わる禍々《まがまが》しい気配は、まるで何度か斬り結んだ魔族のもののようだった。

「『インシニミアの獄門』――」

これが体内から彼女を蝕んでいる魔神器。セラに近づくあらゆるものの生命力と魔力を吸い取る効果を持ち、彼女を地下室に閉じ込める原因となった装具だ。

黒煙はその腕に、足に、さらに背中へと絡みつく。翼のように羽ばたき、胸の呪紋が鈍く蠢《うごめ》いた。

ぞわりと背筋が凍る。ジャンは思わず手を引き、しかし歯を食いしばりながら前に踏み出した。ベッドから落ちそうになるセラを、慌てて支える。

右腕が彼女の体に触れた次の瞬間だった。

眩《まばゆ》い光が部屋の中に満ちる――。

これは。

声が溶けてゆく。セラの寝室だったはずのそこは、上下も左右もない真っ白な空間に置き換わっていた。ジャンは水中をもがくように漂いながら、セラの姿を探す。

セラ――。

彼女の声が聞こえてきた。

『彼と初めて出会ったのは、十三歳の頃だった。旅をするのはすごく不安だったけれど、でも年の近い彼が一緒にいてくれたから、ちょっとホッとしたんだ』

実態のない煙のような姿のセラが、誰かと握手を交わしていた。それはジャンもしっかりと覚えている。自分たちの出会いの記憶だ。

なぜ唐突にこんなものが見えてしまったのか、わからないままジャンはハッと目を覚ます。一瞬の出来事は終わり、気づいたらそこはセラの寝室だった。

「……セラ？」

見やると、彼女はすーすーと寝息を立てていた。先ほどまでとは違い、安らいだ寝顔だ。刻み込まれた呪紋も先ほど見たときより、一回り小さくなっているように思えた。

セラの左胸と、ジャンの銀の腕。両方が同じタイミングで淡く輝いている。まるで共鳴するようにだ。

……これは、まさか。

焼けるように熱をもった腕をさすり、ジャンはつぶやいた。

「魔神器の制御──」

その手がかりを、摑《つか》んだのかもしれない。

休憩を挟んだからか、翌日に会ったメルセデッサは少しだけマシな顔色をしていた。彼女は形の良い顎に手を当てて、考え込む。

「『ヴルムの真腕』を使って、外からセラフィルナさまの魔神器を制御する、か……」

「どうだ？　悪くないアイデアだろう」

「……見せてみろ」

メルセデッサが立ち上がり、有無を言わさずジャンの服を脱がす。するとジャンも気づいていなかったが、銀腕の接着面には火傷《やけど》の跡があった。

「この腕を使ったのか？」

「使ったっていう自覚はないけどな。気がついたら、セラの心の中にいたような感覚があったんだ。戻ってきたら、彼女は眠っていたよ。これって魔神器の共鳴能力なんだろう？　壊れた魔神器にだってできることがあるならさ」

「危険すぎる」

言葉を遮るように、メルセデッサは首を振った。ジャンは意外だった。

「セラのためなら火の中にでも飛び込みそうなあんたに反対されるとは思わなかったよ。たかが火傷だろ？」

「今回は奇跡的に火傷で済んだだけかもしれない。全身が燃え尽きてからでは遅いのだぞ。他にもどんな副作用があるかわからない。仮に『インシニミアの獄門』の反動が襲い掛かってきた場合、キミはそれを受け止めきれまい」

「……また、ずいぶん心配してくれるんだな？」

「当然だ。キミはセラフィルナさまにとってはかけがえのない男らしいからな。そうでなければ、とりあえずやらせてみることに異論などない。だが、今の私たちにはお前が必要だ」

ジャンは右腕を見下ろす。セラを救えるかもしれない手段があるのに、現状では許してもらえないようだ。

「……そこまで言われちゃ、命を無駄遣いするわけにはいかない、か」

せめてもう少し手がかりがあれば、この細い糸のような希望を手繰り寄せることだってできるのだろうに。効果もわからない封忌指定された魔具に、自分とセラの命を賭けることは勇気とは違う。ただの無謀だ。

消沈してジャンは顔をうつむかせる。そのときだった。

「――制御ができないなら、方法を覚えればいいんじゃないか？」

男の声がした。扉のほうを向くと、そこには胡散臭《うさんくさ》い男がひとり立っていた。

恐ろしく綺麗な顔をした男だ。透けるような長い銀髪を伸ばしている。超然とした佇《たたず》まいはどこか浮世離れしており、その瞳は虹のようにあらゆる感情を映し出していた。

「お前は、闘剣場にいた……？」

「やあ久しぶりだ、青年。ところで君、魔法に興味はあるかな？　理術じゃない。魔法だ。それも人の気持ちを思うがままに操る外法《げほう》、精神魔法と呼ばれるとびっきり性格の悪い魔法なんだけどね？」

「なんなんだ、藪《やぶ》から棒に」

メルセデッサは口をぽかんと開いて固まっていた。すぐに我に返り、その男を見て叫ぶ。

「ムルド師父……戻られていたのですか！」

「久しぶり。元気そうだね、メルセデッサ。少し痩せたかい？　仕事は忙しいかもしれないが、ちゃんと食事と睡眠は取るんだよ。長生きの秘訣《ひけつ》だ。僕が言うんだから間違いない」

「そんなことよりも！　あなたが戻られたということは、ついに見つけ出したのですね。セラフィルナさまを救うための方法を」

「まあそんなところかな。結局のところ、幸せの青い鳥は一番すぐそばにいた、ってことさ。いやまさか、こんなにもうまく適合する者が現れるとは思いもよらなかったけれどね」

　つまり、彼こそがメルセデッサの言っていた、セラを助けるために奔走していた男ということなのだろう。

　銀髪の優男は、ジャンに右手を差し出してくる。

「二度目だね。先日は名乗りを忘れて失礼した。僕はムルド＝ヴリン。自分のことにはあまり興味がなくてね。人のことを話すほうが好きなんだ」

　ジャンは右手で握手しようとして、しかし魔神器を他人に触れさせるのは失礼かと思い、代わりに左手を差し出す。するとムルドは無理矢理ジャンの右手を取った。

「やあやあよろしくよろしく。僕のことは気軽にムルドさん、あるいはむっくんと呼んでくれ。メルセデッサはお堅いから師父なんて呼ぶけれど、真似《まね》しちゃいけないよ」

　ずいぶんと独特な距離感である。ジャンは変わり者だなという印象を受けたが、嫌な気分にはならなかった。

　ムルドが現れたことでメルセデッサは顔色に安堵《あんど》の色をにじませながらも、表面上は淡々と告げる。

「その方はベルアメールの城に結界を張った大賢者だ。見込みある理術師は皆、師父の下に送られる。私や、かつてはセラフィルナさまもだ。クアラクネ王国に生きるすべての理術師の父である」

「やめてくれよ、僕は僕の娘だけの優しい子煩悩なパパだよ。君みたいな大きな子をもった覚えはないいな」

両手を上げて嫌がるムルドを、メルセデッサが紹介してくれる。

「師父は私の祖父よりもずっと長く王国に仕えてきた大賢者だ。見た目はこの若さだが、実際は長命だ。接する際は、相応の敬意と尊意を持て、ジャン」

「またそういうことを言う……」

ムルドは付き合いきれないとばかりに首を振る。彼が偉大な人物だというのは理解できた。しかしジャンには、そんなことよりも他に気にかかることがあった。

「精神魔法ってなんだ？　それがあれば、セラの魔神器を俺が制御することもできるのか？」

「まあまあ、順序立てて説明しようじゃないか。まず、君たちはあの子が装着した魔神器の暴走状態を止めたい。そこで、青年はヴルムを使って外部から制御をすればいいのだと提唱した。だが、そこには問題がある。ヴルムはもはや壊れた魔神器だ。あの子に干渉するだけの力はないし、無論あの子の支払い続けている代償を肩代わりすることなど、もってのほかだ。しかし、ふたりの心が通じ合っているのならば、心と心が触れ合うことはできる。そこで、だ」

ムルドが指を鳴らすと、そこにあった黒板いっぱいに図式が描かれた。正真正銘、本物の魔法である。

ジャンは目を細める。大陸の共通語ではない他言語で描かれていて、読めない。代わりにメルセデッサが尋ねた。

「これは……精神魔法の手順ですか、師父」

「メルセデッサは相変わらず優秀だね。僕の娘の次に察しが早い。精神魔法はとにかく非効率的で使いみちのない魔法のひとつだ。なんせ赤の他人にかけるのはまず成功しない。言うことを聞かせたいんだったら十年かけて精神魔法を極めるより、ナイフでもちらつかせたほうがよっぽど楽だし効果的だね。ただ、深い箇所で結びついている間柄であれば、話は変わってくる。ま、そんな相手に無理矢理魔法で命令するなんてこと、普通はしないんだけどね。普通は」

そこでムルドはジャンを指差してきた。

「つまり、君が彼女の心の中に飛び込み、精神魔法を使う。そうして、かの少女の権限を一部簒奪《さんだつ》し、まともに魔力をコントロールできる状態にはない彼女に代わって、『門』を閉じるのだ」

「……そうすれば、セラを助けることができるのか？　あいつが地下で誰にも知られずひっそりと息を引き取る未来を変えることができるのか？」

「それは君の頑張り次第だ。なあに、少女には僕もずいぶんと思い入れがあってね。精神魔法のお勉強は僕自ら教授してあげよう」

メルセデッサが驚いた。

「あの飽き性で気まぐれかつ、責任を背負うことをなにより嫌がる師父が、自ら進み出るなんて」

「はっはっは、言っておくけれど、さすがに少女が亡くなったらこの話はなかったことにしてもらわないと。僕は未来に生きる人族のために次の手を打たなくちゃいけないんでね。さあ、どうだい？　やる気はありそうだけれど、君の口からも覚悟を聞かせてほしいな。僕がどの程度本気になってあげるかが変わってくるんでね」

人を食った笑みを浮かべる大賢者に、ジャンは口元に笑みを浮かべながら拳を突き出す。

「そうだな、俺は嬉しいよ」

「嬉しい？　言っておくけど僕はスパルタだよ。人間はなかなか死なないってことを知っているんでね。魔法を使えるようになる喜悦も達成感も、すぐに毎日の惨憺《さんたん》たる苦心の日々にかき消されてしまうよ」

それがどうしたというのだ。

ジャンは胸を張る。

「それでもだ。だって世界を救った勇者サマのお役に立てるんだぜ？　こんな、辺鄙《へんぴ》な村で畑仕事と魔物退治をして、一生を終えるはずだった男がさ。おまけに右腕だって付けてもらって。なんの不満がある？　どこに不服があるってんだ？　セラを助けるために大陸を駆け回っていた大賢者サマが、俺を選んでくれたんだろ？　これが正解なら、やらない理由なんてどこにもねえよ。さあ、いこうぜムルド。セラを陽の下に連れ出すために」

それが空元気で、虚勢だったとしても。本当は自信などなにもなく、軽口を叩いてさも自分を大きく見せるという彼なりのパフォーマンスだったとしても――ジャンの言葉には、力があった。

誤ったことのある人間だけがもつ、二度と悲劇を繰り返させる訳にはいかないという、不退転の決意だ。

大賢者はそれを聞いて、目を細めた。

「君はなぜそこまでやるんだい？　どうしてそれほどに覚悟を決めることができたんだ？　確かに少女は世界を救った勇者であり、その恩に報いたいと願う気持ちも理解はできる。でも、君の口から聞きたいな。僕は興味があるんだ」

「俺はさ」

ジャンはわずかに顔を伏せ、それから断固とした瞳でムルドを見返した。

「ずっとあいつのそばに居られればいいと思っていた。けど、これから先、どんな苦難が待ち構えているかわからない。もしセラが快復しても、あいつは勇者として様々なしがらみに囚《とら》われながら生きていくのだろうさ。そんなときでも、俺はあいつの支えになりたい。だからセラに言ったんだ。結婚しよう、って」

「なんだと」

メルセデッサが思わず腰を浮かせた。口を開きかけた彼女を手で制し、ムルドが促してくる。

「ほう、それで？」

まるで試すような彼に、ジャンはただまっすぐに。

「義務感や使命感なんかで言ったんじゃないぜ？　勘違いしてくれるなよ。俺は本当に、セラのことを愛しているんだ。だから、ずっとそばにいたいと願っている。ただ、まだ返事はもらえていなくてさ。……イエスかノーか、今はその答えを聞きたいんだ」

「ふむ。なるほど」

大賢者はうなずき、大真面目な顔で顎をさする。

「まさか僕が人の恋煩いに力を貸すことになるとはね。ま、成就するかどうかは君次第だ。そうだな、もしふたりの気持ちが通じ合っていることが確認できたのなら、そのときは僕が婚儀のために一肌脱いであげよう。それぐらいのことはできるからね」

「本当にか？　それは、ありがたいけれど……」

実際にセラと結婚の約束を取り付けたとしても、それを叶《かな》えるのは難しいと思っていた。

彼女は救世主で、自分はただの一剣士なのだから。しかし、大賢者が手を回してくれるのなら、話はまったく違ってくる。

「別に気にすることはない。だって僕だって彼女に良くなってもらわないと、困る立場だからね。では、いいだろう。よほどの見込み違いじゃなければ、君をどっちみち教育するつもりだったし、君を正式に僕の弟子として受け入れようじゃないか。ただし、ひとつだけ条件がある。わかっているね？」

「……条件？」

ムルドはジャンの右腕に自分の拳をこつんと当て、改めて告げた。

「僕のことは気軽にムルドさん、あるいはむっくんと呼んでくれ」

こうして、ジャンの修行の日々が始まった。

◇　◆　◇　◆　◇

朝起きてルーニャと地下の掃除を済ませ、食事を終えるとムルドの下へと向かう。彼の手引で王城にも入れるようになった。

夜遅くまで魔法の修行を続け、帰ってきてからは寝る前のわずかな時間でルーニャに読み書きを教える。多忙な毎日だ。

広い講堂にひとりきり。なんだか落ち着かなかったけれども、最近ではようやく慣れてきた。

「というわけで青年。そろそろ体も疲れ果てている頃だろう。きょうは一度おやすみということで、座学をしようじゃないか。なあに、ここらで休憩したほうが能率があがるんだ。僕の言うことに間違いはない」

「付け加えられると胡散臭さが増すぞ。むっくんのことは信じてるから大丈夫だ」

「そうか、ありがとう。ちなみにメルセデッサは小さかった頃は自分のことを『メル』って呼んでたよ。メルは優しいムルドお兄ちゃんが大好きで、将来お兄ちゃんと結婚するんだって。あの頃のメル嬢は僕の娘の次に可憐《かれん》だった」

「信じるよ」

与太話はともかくとして。

「理術と魔法の違いについてなんだが、青年はそれらについての知識は微塵《みじん》もないということがここしばらくのお稽古で判明したんでね。まずはその辺りをやろう」

「俺だってなにも知らないわけじゃないぞ。理術は世界の理《ことわり》を書き換え、支配する術だ。

火を起こしたり、水を発生させたり、風を吹かせたりな」

「そうだね、その認識で合ってるよ。理術はできることはできるけれど、できないことはできない不自由な術だ。それだけに根気と一握りの資質さえあれば、誰にでも使えるようになる。秀才のための力だね。では魔法は？」

ジャンは正直に答えた。

「魔法はよくわからん。なんか……変なことできるだろ？　仕掛けられたら気持ち悪くなったり、目の前が真っ暗になったりしてさ。斬るのも不自由する」

「よくその程度の知識で、魔族相手の戦いを生き延びられたね……。君はどうやら、魔法耐性が生まれながらにとても強いようだ。有名な魔法使いのご子息というわけではないだろう？　まあいいか。魔法はようするに、世界に直接影響を及ぼす力だよ。望む自らの意志を顕現させる。いわば願いを叶える力だ。用途も千差万別あるが、理術に比べて難しいかというと実はそうでもない。素質の有無が最も大事なんだ。天才と変人のための力だよ」

つまり、理術は努力次第で習得するチャンスはあるが、精神魔法はジャンに素質がなければ、一生かかっても無理ということだ。

「で、今まで聞いたことなかったけど、俺に関してはどのような塩梅《あんばい》なんですかね、大賢者のムルド大師父？　あ、見込みがないんだったらオブラートに包んでくれよ。メンタルやられちまうから」
「少女に対してはなにがあろうと強気のくせに、変なところで臆病だな君は。わかったわ
かった配慮しよう。つまり君の才能はそうだね。控えめに言うと……せいぜい、僕の娘程
度だ」
その言葉はどう受け取ればいいものか。
普通に考えれば、すごい才能の持ち主、ということなのだろうが……。
「むっくんの娘さんと比べられても、全然わからないんだけどさ。大賢者の娘さんって
言ったら、その子も相応の実力者ってパターンが多いんじゃないか？」
「普通はそうかもしれないね。ま、君は慢心せずに、今やるべきことをひとつずつやって
いこうじゃないか。さて、明日からまた精神鍛錬だ。君は剣士だけあって、集中力だけは
なかなかだ。精進するといいよ」
「そいつぁどうも。むっくんに褒めてもらえたのは初めてだな」
「僕は剣が苦手だからね。先端尖ってるし、怖いじゃないか。だから剣士のことは尊敬し
てるよ。僕は僕にできないことができる人を褒めたがりなんだ」
「……つまりそれ、魔法の修行に限っては、これから先、一度も褒め言葉をもらえないと
いうことか？」
「僕にできないことができたら、褒めることもあるかもしれないね」

あらゆる理術師と魔法使いの頂点に立つ存在、大賢者ムルドはそう言って笑った。

◇　◆　◇　◆　◇

ムルドの教え方が巧《うま》かったのか、単純に素質があったのか、精神魔法の発動自体はたった三日で行なうことができた。

あとは練度を高めるだけなのだが、この道のりが困難だった。

ムルドと手を繋《つな》ぎ、意識を集中させる。自らの魔力を綱《つな》として、互いの心を結びつけ、あとは相手の領域へと渡ってゆく。綱に注いだ魔力が大きすぎれば綱は解けてしまい、少なすぎるとぷつりと途中で切れてしまう。その加減に失敗すれば、使った魔力のすべてがジャンの体に逆流してきて、全身の至るところが火傷に見舞われた。

しばらくはその反作用に悩まされた。この段階で死に至る者も大勢いるのだという。

「体を鍛えておいてよかったね」とはムルドの弁だ。

次の段階はさらに難易度が高かった。精神魔法で入り込んだ相手は眠っているような状態で、取り留めなく浮かぶ記憶の中から、必要なものを見つけ出さなければならない。長く時間がかかれば、相手の記憶を受け止めきれず、己と相手の精神が混濁して一生元に戻らなくなってしまうという。ジャンは何度も長く居続けて己の名前を忘れた。そのたびにムルドが精神魔法をかけ、精神酔いを治療した。

自分の中に相手が入り込んでくる気持ち悪さは、切った張ったを繰り返して痛みにも多少強くなったジャンにとっても、生理的に受けつけがたい嫌悪感があった。

次に目覚めたときに、自分が自分でいられるのかどうかわからなくて、怖かった。だけど、セラのことを思うと、立ち止まるわけにはいかなかった。

セラの見舞いに行き、彼女と話す時間は、自らの決意を確認する大事な儀式だった。

けれども、眠りにつく前、いつもセラは不安そうに目を閉じていて。

その理由が、ようやくわかった。

彼女はきっと、眠る前に『今度こそ最後かもしれない』なんて、そんな思いを抱いていたのだろう——。

◇◆◇◆◇

さらに二週間が経《た》ち、精神魔法をかける相手はムルドからセラへと移っていった。

手順はムルドと同様。ベッドに眠るセラと手を繋ぎ、目を閉じて、繋げた細い綱を頼りに彼女の心へと赴くのだ。

魔神器の制御方法を探るため、彼女の記憶をいくつも見た。

初めての戦い。相手は下級魔族のゴブリンで、兵士よりも遥《はる》かに弱い相手にセラフィルナは苦戦した。相手を殺すことに慣れていなかったのだ。

『……ジャンくんは、平気なの？』

血の臭いに胃の中のものを吐き出したあと、口元を拭い、少年を見上げる涙目の少女。

少年はなんとも思っていない顔で剣を弄びながら告げる。

『俺は村を出て用心棒もしてたからさ。ゴブリンどころか』

——人だって殺したことがある。そう告げる二つ上の少年を見て、少女は唇を噛《か》み締めた。

『ごめん、こんなんじゃ足手まといだよね。わたし、もっともっと強くなる。このぐらいでつまずいてなんて、いられないんだから』

少女はゴシゴシと手の甲で涙を拭く。

彼にこんな姿を見せること自体が恥ずべきことだと思ったのだ。

自分は子供じゃない。理術も魔法も武技もまだまだ中途半端なんだから、せめて気持ちだけは勇者らしくあろう。

(そうしたら、いつか彼も自分を、認めてくれるだろうか——)

「あっけらかんと笑ってるばかりだったけど、そんなことを考えていたんだな、セラ」

声がする。

当たり前でしょ。

あの頃は君のことが、すっごく大人に見えていたんだよ。だから、追いつきたくて必死だったんだもん。


相手の記憶に触れるのは、なんだかすごく悪いことをしているような気分だったけれど、すべてはセラを救うためのことだと自分に言い聞かせた。

何度も体が壊れるほどの反作用に耐えながら、精神魔法の勉強を続け、そんな毎日に没頭した。

厳しくて、めまぐるしいほどに忙しい日々だったけれど、つらいとは思わなかった。

セラのためになにもできなかった頃のほうが、よほどつらかったから。

◇◆◇◆◇

「師父」

メルセデッサは城の最上階のバルコニーで佇むムルドの下を訪れた。強い風が吹き、ムルドの銀髪を揺らしている。彼は穏やかに振り返ってきた。

「どうしたんだい、メル。怖い顔をしていると、せっかくの美人が台無しだよ」

「ジャンに魔法を使わせたというのは、本当ですか」

「真実だけれど、それがどうしたんだい?」

「早すぎます。まだ魔法に関わってから一ヶ月も経っていません。なぜそのような……このあいだも結婚だなんだの、彼を焚《た》きつけるようなことを言って。なにを考えていらっしゃるんですか」

ムルドは風に揺れる髪を押さえ、口元を緩める。

「彼にはできるからだ。ただそれだけで意味はわかるだろう? 彼はすでにその領域に達している。……でも、その言葉だけじゃ不服そうだね?」

「私はセラフィルナ管理官。彼女に関わることならば、すべて私を通してもらわなければ困ります」

メルセデッサは毅然《きぜん》とムルドを見つめる。

この男は、その瞬間瞬間において、まるで佇まいが変わる。ただの気のいい青年に見えるときもあれば、今にも街を焼く悪の魔法使いに見えることもあった。

かつて狂神が現れる以前、世界を統べた七つの王国に仕えた賢者。七王七賢のひとり、ムルド＝ヴリンは伝説上の人物だ。魔法による不老を体現した男にとっての人格は、自分たちほど単純にはできていない。

だからこそ、ムルドに物言いをするときには、背筋から嫌な汗が流れる。メルセデッサにとって彼は、魔族よりも身近に生きる魔物だ。

「ずいぶんと強くなったね、メル。この僕に反論するなんて、あの頃の君からは考えられないね。なにがそこまで君を強くしたんだい？　彼女の存在か、それとも彼の存在かな？」

「……どちらでもありません。私は私の職務を全うしたいだけです」

ムルドの見透かすような瞳は、きっとメルセデッサのなにもかもに気づいているのだろう。あの目に最初は憧れた。成長するにつれ、怖くなって、そして今ではクアラクネ王国にとってかけがえのないものだと知っている。

「いいよ。君がわざわざ僕に会いにきてくれたそのお礼に、僕も応えよう。僕の第一優先順位は少女を元の勇者に戻すことだ。そして、その目的に反しない限り、青年がどこまでやれるものか見てみたい」

種明かしをするように、ムルドは告げてきた。

「あの青年の素質は、僕の娘に比肩しうるだろう」

言葉の意味を、メルセデッサはしばらく理解できなかった。

銀髪の少女の張り詰めたような表情が瞼《まぶた》の裏に浮かび、メルセデッサは息を呑《の》む。

「ラチェレさまに……？　そんな、あの男は確かに剣の道を極めたとまで言われる剣士ですが……。魔法においても、ラチェレさまに匹敵するだけの才覚を秘めているだなんて、まさか」

「世の中はまだまだ広いと感じたよ。だからこそ、『ヴルムの真腕』が適合したんだろうね。壊れているとはいえ、あれはそう簡単に身につけられるようなものじゃない」

いくらムルドの言葉といえど、やすやすと呑み込むのは難しかった。

「……あの男は、いったい何者なんですか？」

「さぁて、僕にもわからないよ。この世界はわからないことだらけだ」

ムルドは星を見上げ、まるで夜空に問うようにつぶやいた。

「狂神を屠《ほふ》るために遣わされたのが少女だとすれば、青年はいったいどんな役目を背負って生まれたんだろうな」

◇　◆　◇　◆　◇

ベッドで眠るセラの隣に座り、ジャンは銀の腕で彼女の手に触れる。目を閉じて、精神を集中させる。魔力を練り上げ、自分と彼女がひとつになるイメージを広げる。

そうして、つぶやいた。

「精神魔法『接続《エンゲージ》』」

精神は光の粒に変わり、それは触れ合う手からセラの中へと入ってゆく。

血管を通り、心臓へと至るイメージ。そこには、彼女だけの場所がある。窓から陽光が差し込む小部屋。きっと彼女が長い間過ごしていた部屋なのだろう。部屋の中央には、書見台に置かれた一冊の本があった。

これが、セラの記憶だ。

ムルドの記憶は施錠されておりジャンに見ることはできなかったが、むき出しのセラの記憶は彩りにあふれていた。

幼い頃の記憶はまるで絵本だ。抽象的な絵に、幼い文字が描かれている。成長するごとにそれは日記のようにはっきりとした輪郭を帯びる。

生まれる前から世界を救うと予言された子。死産だった彼女の姉。今度こそと期待を寄せられたセラフィルナ。剣と魔法を徹底的に教え込まれる日々。誰にも甘えることを許されず。

ムルドが見えた。今とほとんど顔が変わっていない。若きメルセデッサと思《おぼ》しき顔もある。他に、知らない人たちが浮かんでは消えてゆく。セラの大切な記憶。

ジャンは魔神器の制御手段を探し、記憶を遡る。旅に出た先だ。

ふいに知覚が引っ張られた。強烈に焼きついた記憶が引力のようにジャンを引きずり込んでゆく。部屋の様相が様変わりしてゆく。そこは戦場だった。もとい、戦場のような診療所だった。

次々と運ばれてくる急患、重傷者。魔族との戦いで怪我《けが》を負った兵士や、民間人たちだ。

ここは——。

忘れもしない。

旅の終わり。ジャンとセラが、最後に会った場所だった。


(すごくショックだった)

心の声が脳裏に直接響く。そこにはセラがいて、その目の前に包帯を巻いてうずくまる少年が——ジャンがいた。

その彼は、肩から先がなかった。

『ジャン、しっかりして、ジャン、しっかり！』

少女は少年の傷の断面に手を当てて、理術を唱えている。しかし理術は理《ことわり》を操作するだけの術。自然治癒を早めることはできても、本来人間に備わっていない機能、すなわち無くなった腕が生えてくることはありえない。

涙を流す少女に、彼は静かに首を振る。

『もういいんだ、セラ』

『でも、ジャンの腕が……』

『こうなったのは、俺が弱かった。ただそれだけのことだよ。朝晩の稽古もサボって手を抜いてたツケが回ってきちまったかな。これじゃあ靴紐《くつひも》を結ぶのも苦労しちまうよ。歯が丈夫になっちまいそうだ』

いつもと同じ調子で軽口を叩く少年は、少女の頭をぽんと叩く。

『だから、ま、あんまり気にすんな。自分がこうなる覚悟がなかったわけじゃねえし。これまでだって何人も仲間が死んできただろ。俺は命あるだけマシだよ、マシ』

『わたしが……』

『あ?』

歯を食いしばりながら、彼女は泣く。

『それもこれも、すべてわたしに力が足りなかったから……。ジャンをそんなつらい目に遭わせるぐらいなら、わたしが代わりになればよかった……。ごめんね、ジャン……。痛いよね、苦しいよね……。本当に、ごめんね……』

泣きながら謝る彼女に、かつての自分はなんて言っただろうか。

忘れるはずもない。

背筋が震える。

今すぐに逃げ出したいけれど、しっかりと向き合わなければ。

己の罪から、目を背けるな。

『おいおい、なに言ってんだよセラ。お前は勇者だろ？　唯一聖剣を扱うことができるやつじゃねえか。お前の代わりはいないんだよ。そんなお前を守って狂神の下へ届けるのが俺たち消耗品の使命だろ？』

『え……？』

彼女は信じられないものを見るように、あの日の俺を見上げた。

少年はへらへらと笑っている。

道化のように。虚無のように。

『だから、よかったよ。剣を使えなくなったのがお前だったら、それこそ人間に打つ手はなくなっちまうもんな。さて、俺はどうしたもんかね。この腕じゃもう戦えねえだろうし。田舎に帰って畑でも耕すかねえ』

『どうして、そんなことを』

悔しそうに、少女は唇を噛む。

『消耗品なんかじゃ、ない。みんな、大切な人だった……。ジャンは、ずっとそんな気持ちで、わたしと一緒にいたの……？』

そんなはずがない。

心の底から悔しかったし、悲しかった。こんなことになるなんて、思わなかった。

自分はいつまでもセラと旅をしていたかった。

けれど、もうその望みが叶わないことはわかっていて、せめて女々しい真似はしたくないと思って。

ただの強がりだった。

『ああそうさ。初めからわかってたよ。俺とお前は違うんだって。最初の方は剣を教えてやったけど、どんどん強くなってって、一年もかからずに俺を追い抜いたよな？　さすがだよ、勇者サマは。補充の人員もすぐに届くだろうし、こっからは俺なしでも十分にやってけるだろ？』

自分はもうセラの横に並び立つことはできないんだ。

だったらいっそ、未練なんか残さずに嫌われたほうがいい。

後に仲間たちと祝杯をあげながら、そういえばあんなひどいやつがいたのだと、思い出して酒の肴《さかな》にしてもらえればいい。

『もともと勇者サマと一緒に旅なんてするような器じゃなかったんだよ、俺は。多少剣の腕が立つぐらいでなにを偉そうにしてんだってなあ。すべてが終わって故郷に帰れば英雄だっつっても、所詮は勇者サマの引き立て役だ。まったく、いつまで続くかわからない旅を止めるきっかけになって、よかったよ。せいせいするぜ』

『……それ、本当のこと？』

『もちろんさ』

ただ音を震わせるだけのようなあまりにも軽薄な声で、少年は首肯した。

少女は拳を握ったまま、震えていた。

『ま、これから先も、がんばんな。俺は早めの隠居生活と洒落《しゃれ》込むさ。昼間っから酒でも飲んで、悠々自適に暮らすよ』

パーティーは解散だ。俺は故郷に帰ってうだつの上がらない日々を過ごす。彼女はろくでなしのことなんて忘れて、これからも人々を助けにゆく。

別れる前の、最後の会話がこれか。だったら嫌われて当然だ。結婚しようだなんて、よくこの口が言えたものだ。ジャンは自嘲する。

セラが自分のことを覚えてくれていたのだって、あまりにも腹が立ったからじゃないのか？　まったく、こいつは最低の男だ。

だが――。

セラの記憶から、思いが流れ込む。

あまりにも大きな感情の津波。

(悔しい)

かつては気づかなかった。セラの握り固めた拳から血が流れ落ちていた。

辺りが燃え盛るような業火に包まれる。

本当に診療所が燃えているわけじゃない。これはセラの想いだ。

(悔しい)

なぜ。

そんなにも、熱く強い想いを抱いているのか。

まるで問いに応えるよう、セラは歯を食いしばる。

（彼にそんなことを言わせてしまうことが、なにより悔しかった）

（すべては、自分に力が足りなかったから）

（自分が彼を守ることができなかったから）

（だからもう、自分は彼と旅を続けることができない）

少女の目から涙がこぼれ落ちる。

（力がほしい。もっともっと強い力が。この目に入るすべての人を守れるだけの力が）

（力が手に入るのなら、なにを失ってもかまわない）

（すべて、意思も、想いも、心でさえも）

（なにも――いらない）

それはまさか。

ジャンは目を剝《む》いた。思わず、記憶の中の少女に手を伸ばす。しかしそれは蜃気楼《しんきろう》のようにすり抜けるだけだ。

少女は少年の手を握る。

『忘れたりなんてしないよ、ジャン。大丈夫だから、心配しないで、ジャン』

『……え？』

先ほど少年が吐いた汚い言葉などなにもなかったかのように、ただ真実の思いだけを受け止めて、少女は微笑む。

『あなたのために、世界を救ってくるから――』

（――たとえ、すべてを失ったとしても）

そうか。

そうだったのか。

三つの魔神器を装着し、常人であることを捨てた彼女。その決断をさせたのは。

「――俺だったんだ」

セラの心の中でひとり、ジャンは顔を両手で覆う。

あの優しい少女が、自らを魔人へと化すためのきっかけとなったのは、ジャンが戦線を離脱したから。

「違う、セラ。俺はただ、お前に笑っていてほしくて。こんな男のことなんて、忘れてくれればよかったんだ」

新たな仲間が増えていった。

女、男、女、その誰と話すときも、セラが優しくて温かい笑みを浮かべることはなかった。笑うことはあっても、それはただその場限りのものだ。

心の中では、氷に閉ざされた炎が揺らめく。

勇者セラフィルナの力はますます冴《さ》え、彼女の歩んだ後には魔族の屍《しかばね》が点々と転がった。

この道の果てに待つのは、狂神との最終決戦なんかじゃない。

修羅道を征くことを選んだ少女の、破滅だ。

これ以上、セラの心を覗きたくない。

だって、あまりにもつらすぎるだろう。

旅を楽しむことも止め、人々の感謝の念さえも拒んで、ただ彼女は使命のままに生きていた。こんなものが生きているって呼べるのか？　これじゃあただの兵器じゃないか。

セラ。

あの日、腕を斬り落とされた俺は強さを失って。

そして、俺を守れなかったセラは弱さを捨てた。

こんなことになるなんて思わなかった。

俺の愛するセラを壊したのは、俺自身だったんだ——。

黒く塗りつぶされたページをめくる。日記が放つ想いの引力は凄まじく、安易に覗くべきものではなかったのだ。この場から離れることなど、とうにできなくなっていた。精神魔法を仕掛けていたはずのジャンは、勇者の闇の深淵《しんえん》に搦《から》め捕《と》られていた。

狂神との戦いに臨むセラは、その時点で意思を失い、視力と触覚、そして味覚を喪失していた。狂神を倒した後に人形のようになってしまったんじゃない。旅の途中から、セラはもうその状態だったのだ。

代わりに魔力を注《そそ》ぎ込んだ三つの魔神器は、その力を十全に発揮した。

『インシニミアの獄門』

『ポルタリカの銀盤』

『ディーフェの帝靴』

そして、勇者だけが扱うことのできる聖剣ギガントマキアー。

まるで星と星が衝突するような戦いは、ジャンの知覚で観測できる領域を遥かに凌駕《りょうが》し、長い時間に亘《わた》って続いた。

記憶の中に囚われたジャンは、もはや抜け出すことも叶わない。どこにも光はなく、帰る道もわからなくなった。セラと通じ合っていたはずの想いの橋も、あの日を境に斬り落とされた。

ジャンの精神はもはや、呑み込まれようとしていた。

長く居すぎると両者の精神が混濁して一生元に戻らなくなってしまうとムルドは言っていた。だが、これは混濁なんてものじゃない。ジャンであったものがセラの闇に喰《く》い尽くされるだけのことだ。

『インシニミアの獄門』が解放されている状態では、ムルドやメルセデッサが助けに来るともできない。セラに近寄れるのは、ジャンとルーニャしかいないのだから。
温かくて優しい世界などではなく、この凍《い》てついた闇に溶けて、消えてゆくのか。
勇者セラフィルナが狂神の真核を聖剣で貫く。
自分の耳では聞き取れぬ断末魔の叫びをあげ、狂神はかき消えてゆく。
だが、勇者はなにも思わない。
感じることもない。
また新たな魔族を斬りに、外へと出る。
狂神の呪いを浴びてなお。
これが少女の成れの果て。
ジャンの罪が創り上げた、化け物だ。
化け物は顔をあげ、虚空を見上げる。
瞬《また》く光。
か細く、儚《はかな》く、今にも消えてしまいそうな、光。
闇で塗りつぶされたページの中に、ただひとつだけ、浮かび上がる文字があった。
それは彼女がずっと覚え続けていた、唯一の名前。

ジャン。

光が世界を満たす。


晴れ渡った陽の下に、白い教会があった。

ベルアメール王城の敷地内に建つ教会だ。

チャペルの鐘が鳴り響き、ドアが開く。

並んで立つふたりの男女。

黒髪の少年は似合わないタキシードに身を包み、照れたその顔は真っ赤だった。ウェディングドレスを着た少女は金の髪にヴェールをかぶり、心から嬉しそうな顔で微笑んでいた。

誰かが高らかに叫ぶ。結婚おめでとう、と。

百人を超える列席者の誰もが、ふたりを祝福する。

拍手の海、花びらの雨の中、少年と少女は向かい合う。

恥ずかしそうに笑って、そうして。

口づけをした。

永遠の誓いが、そこにあった。

それは闇の中、少女が見ていた夢のような景色。

決して現実には起きなかった、とても幸せな物語。

誓い合えば、それだけですべてが報われるだなんておとぎ話だ。現実はもっと複雑で、結婚してからも人生は続いてゆく。ここが終着地などではない。本当はわかっていたのだろう。

それでも。

夢見ていた。

だからこそ、歩んでゆけた。

これは——セラの心を照らし続けていた、唯一の光だ。

かすかに灯《とも》った光に導かれて。

ジャンは、精神の海から——浮上した。


「『インシニミアの獄門』よ——！」

セラの寝室で目覚めたジャンは、彼女の右手を両手で握りながら、叫ぶ。

「『ポルタリカの銀盤』よ！　『ディーフェの帝靴』よ！　我が『ヴルムの真腕』の名の下に、我が命を聞き遂げよ！」

銀の腕に赤い光が走る。魔神器が熱をもつ。

焼けるほどに熱く、蒸気を噴き上げる火あぶりのような痛みをしかし、ジャンは耐え忍ぶ。

この程度の激痛が、なんだというのだ。

茨の上を裸足《はだし》で歩むが如《ごと》き彼女の旅路に比べれば、意識を失うような痛みなど無に等しい。

「勇者セラフィルナの戦いは終焉《しゅうえん》を迎えた！　もう、てめえらの出番は終わったんだ！　だから――――！」

叫ぶ。

「セラを――返せ！」

右腕から溢《あふ》れた輝きは壁を突き抜け、天井を貫き、地下に満ちる。

真っ白な光に、寝室どころかセラの家がまるごとかき消されていった。

しかし、今度こそジャンはなにも見失うことはない。

だってこの手に強く、セラのぬくもりを握りしめているのだから。

やがて、光が収まったとき、そこにはすっかりと見晴らしが良くなった部屋と、そうしてかろうじて原形をとどめているベッドがあった。壁という壁は失われ、さらに天井もどこかへ吹っ飛んでしまっている。

地下は雨が降らないから、これでも不自由することはないだろう。とはいえ。

「……まった大工仕事でプライベートが潰れるな」

「でも、そういうの、好きなんでしょ？」

「まあな、旅ばっかりの人生だったから――」

腕の中に柔らかな体があった。

目覚めた彼女。

その声は、あの日のように美しく。

緊張して、見下ろすことができない。

「……ねえ」

「はい」

パジャマ姿の、小さな娘を抱きしめたまま、うなずく。

「あの話、今度こそ、本当のこと？」

「あの話って」

「だから、ほら」

彼女は咳払いをした。

まるでジャンに促すように。

「ここに来てすぐ、わたしに、言ったよね」

「……あ、ああ」

「もう」

少し怒ったような彼女の声。

いつまでも聞いていたくて、だけど、なぜだろうか。一度言ったはずの言葉をもう一度口に出す勇気が出ない。

代わりに口をついて出るのは、軽口。

「あのさ、俺」

指輪もなにも今は持っていないから、一度出直しさせてくれよなどと、茶化すように――言いかけて、止まる。

そのとき、花びらが舞ったのだ。

白い花びらが、ふたりの周りを踊るように揺れる。セラの夢見た景色の中で見た、フラワーシャワーのように。セラは「わあ」と感嘆のため息をついた。

ジャンがセラの肩越しに、花びらを撒《ま》くルーニャの姿を見つける。彼女は指でオッケーマークを作っている。セラの家が吹き飛んでいったというのに、大した胆力だ。だからこそ、狂神に呪われた勇者のメイドなんてものが務まっているのかもしれないが。

降る花の雨の中、ジャンはセラの肩を抱く。

「セラ」

「はい」

まるで思い出すように、彼女は微笑んでいた。

口元が引きつって、不器用な笑みだった。ずいぶんと下手な笑顔だった。

けど。

ようやく彼女は微笑んだんだ。

心から。

「愛してる。——結婚しよう」

世界を救った少女は、その言葉に。

「喜んで」

泣きながら、微笑んだ。

たったひとりのメイドの拍手が、百人を超える列席者のような響きで、ふたりを祝福したのだった。

第四話『回帰すべき日常の在り処《か》』

セラが『インシニミアの獄門』の制御を取り戻してから、一週間が経過した。

「やあ、様子を見に来たよ」

ムルドはそう言ってひょっこりと顔を出した。

地下庭園には、椅子に座るセラ。その前に跪《ひざまず》き手首を取っているメルセデッサ。そしてそれらを心配そうに見守るジャンがいた。ちなみにルーニャはカチコチに緊張しており、まるで石像のようになっている。

ムルドはジャンのそばに立ち、うんうんとうなずく。

「少女の調子はずいぶんとよくなったみたいじゃないか。魔力の循環も滞りない。無事、魔神器を支配下に置いたようだね。素晴らしい。すべて青年の手柄だ。きっとできると、僕は最初から信じていたけれどね」

「調子のいいことを言いやがって。めでたいから許すけどな」

魔力の戻ってきたセラの頬は、赤みが差している。血色も良好で、すっかり目も見えるようになった。少なくとも外見上に一切の不調はない。

見違えるような回復力だった。逆に言えば、暴走した魔神器がそれだけ多くの魔力を食い荒らしていたのだろう。

『インシニミアの獄門』を自由に操れるようになったことで、彼女を取り巻く黒い霧はかき消され、こうして他の人にも会えるようになった。

ただ、他ふたつの魔神器はいまだ沈黙を守っているようで、予断を許さない状況は続いている。すべての魔神器の制御を取り戻し、さらにそれらを封印するまで、セラの体が完全に快復することはない。

とはいえ、一時の危機を脱したのも事実。こうしてムルドやジャンは、安堵《あんど》の表情を浮かべていた。

その一方、メルセデッサは胡乱《うろん》な目で振り返る。

「ムルド師父、あまり楽観的なことは言わないでくれませんか。今こうして、入念に確かめているところなんですから」

「君がトロいんだよ。僕は一目見ただけでわかったよ。狂神の呪いに犯されている以外、彼女の満身に一切の瑕疵《かし》はない。もう少し修業を積みたまえ、メルくん」

「……」

余計なことを言ってしまったとばかりに目を伏せ、メルセデッサは不機嫌そうな顔でセラに向き直った。セラは微苦笑する。

「ありがとうね、メルセデッサ。わたしのことを心配してくれて」

「……いえ、それが私の仕事ですから」

頑《かたく》なに言い張るメルセデッサだが、セラのそばに来ることができて一番喜んでいたのもメルセデッサである。仕事以上の思い入れを抱いているのは、誰の目にも明らかだった。

セラはムルドに頭を下げる。

「賢者さんも、会いに来てくれてありがとうございます。お久しぶりですね、……お元気でしたか？」

なにかを言いたそうにするセラの視線を、ムルドは涼し気な笑顔で受け止める。

「見ての通りさ。でも、君はまだ本調子じゃないみたいだね。いつも通り、僕のことはむっくんと呼んでくれていいんだよ」

セラはくすりと笑う。

「そうですね、賢者さん」

「師父、無駄話をする暇があるなら手伝ってください。私よりずっと要領がいいんでしょう？」

「……ここの女性陣はみんな照れ屋のようだ」

やれやれと首を振るムルドの肩に、ジャンは手を置いた。

「俺は感謝してるよ、むっくん。おかげで『インシニミアの獄門』の暴走を止めることができた。全部むっくんのおかげさ」

「ふふん、そうだろう。僕と君の仲だからね。存分に調子に乗りたい気分だけれど、でもダメだ。あれは君にしかできないことだったんだよ。僕が同じことをしても、うまくいく目算はない。精神魔法は繊細なんだ。つまり、うん、愛の力だね」

セラとジャンの目が合った。目が見えるようになったセラは、気づけばこうしてこちらを見つめていることが多かった。恥ずかしそうに笑うセラに、ジャンもまた照れて頬をかく。

ふたりの心は確かに通じ合った。あの瞬間の全能感は筆舌に尽くしがたかった。

もう少し落ち着いたら結婚の話も詳しく進めていきたいが、さすがに回復したばかりのセラをせっつくような真似《まね》はできない。男には時として余裕も大切なのだ。ムルドもそう言っていたし。

焦ることはない。自分が思いを伝え、相手もそれを受け入れてくれた。今はそれだけで十分すぎるほどに幸せだ。

「お熱いことだね。若いふたりはいいものだ。ね、メルくん」

「そうですね」

もはや師父にはなにを言っても無駄だと悟ったメルセデッサは、黙々とセラのコンディションチェックを続ける。そしてふと。

「ルーニャ」

「はっ……はい！」

ばね細工のように飛び上がったルーニャに、メルセデッサは視線を向けることもなく。

「セラフィルナさまの肌も髪も綺麗《きれい》なままだ。しっかりと言いつけを守り、手入れをしてくれていたな」

メルセデッサが最後に見たセラは、長い冒険の果てに疲れ果てた少女の無残な姿だった。それが今は、一国の姫君にも恥じない宝石のような美しさを取り戻している。

セラの世話を任されたルーニャは、幼く未熟ながら必死にやったのだ。メルセデッサは弱音ひとつ聞いたことなどなかった。それはきっと過酷な日々だったろうに。

「メイドとしても人としても頼りなかったお前だが、よくやった。がんばったな、ルーニャ」

たったそれだけの言葉で、ルーニャの目からじゅわ～と涙が湧きあがる。

「いいえぇそんなぁ！　ルーニャには、ルーニャにはなんともったいないお言葉をぉ……よよよよ……」

泣き崩れるルーニャも、それはそれで幸せそうな姿だった。

セラが回復したことを喜んでいるのはジャンだけではない。少なくともここに三人。世界中に目を向ければ、もっともっとたくさんの人が彼女を祝福してくれることだろう。

帰ってきてからすぐこの地下に閉じ込められたセラは、世界を救ったにもかかわらず、人々の歓《よろこ》びの声を聞く機会もなかったのだ。

「なあ、メルセデッサ。この分ならそろそろ外に出ても構わないんじゃないか？」

「なにをバカなことを」

きつく睨《にら》まれた。

「いくら三つの魔神器のうちのひとつを制御できるようになったとはいえ、まだまだ油断はできない状況だ。良いか？　お前にはわからないのかもしれないが、我々理術師から見ればセラフィルナさまは半死人のような体なんだぞ。筋肉や血が通うだけが命ではないのだ」

真剣に怒られたが、それもきっとセラの容態を心配してのことだろう。

なぜかセラまでも「そうだよ」とうなずいたのは心外だったが。

「わたしの全身は呪いに包まれているんだよ。もしこれが人に感染する類の呪いなら、人里に降りることだってできないよ。わたしが一生ここで過ごしても不自由しないようにって、こんなに立派な庭園を作ってくれたんだから」

「いや、一生ということは」

今度はメルセデッサが戸惑う番だった。セラは意外そうに尋ねる。

「違うんだ？」

「無論だ。セラフィルナさまは救国の勇者。そのような真似は他の誰でもなく、この私が絶対に許さない」

厳《いか》めしいメルセデッサに、セラはふふふと笑う。

「そっか、ありがとうメルセデッサ。その気持ちだけで、わたしは嬉《うれ》しいよ」

「人として当然の礼節です、セラフィルナさま」

メルセデッサは恭しく一礼した。しかしジャンが気になったのは、セラの方だ。彼女はこの地に幽閉されて、一生を過ごす覚悟をとうに決めていたというのか。それはどれほど強く、そして寂しい生き方なのか。

「なあメルセデッサ。いつになったらセラは外に出られる？」

彼女は珍しく歯切れ悪く。

「……今はまだ、何とも言えまい。呪いのことも、いつ魔力が戻るかも、調べなければ。だがセラフィルナさまの御身に直接触れることができるようになったのだ。調査はすぐに進むだろう」

「その通りだ」

ムルドは大きくうなずき、そうして懐から一枚の紙を取り出した。広げたそれは書状であり――。

「え？」

一同の目が丸くなった。『外出許可証』とある。押印された国璽《こくじ》は、紛れもなくこの国を治める最高権力者の証《あかし》だ。

「どうしてこれを、って顔をしているね？　はは、僕を誰だと思っているんだい。言っただろう、少女の満身に一切の瑕疵はない、ってさ。だったらどうしてこんな地下にこもる必要がある？　たまには外の空気でも吸ってくるといい」

「しかし、師父！」

食ってかかるメルセデッサに、ムルドはからかうような笑みを浮かべる。

「僕が大丈夫だと念を押していることに反感を抱くとは、メルくんはひょっとして少女をこの鳥かごに閉じ込めておきたいのかい？　それはあまりおおっぴらに言うようなことじゃないよ。恥じ入りたまえ」

「誰もそんなことは言って！」

だがメルセデッサは口をつぐむ。彼が保証しているのなら、自分が反対する理由などないのだと気づいたからだ。

「……しかし、失った魔力は」

「すぐに元通りになる。心配するほどのことじゃないよ。少女の体の作りは、君たちとは少々違う」

もちろん、とムルドは紙を揺らしながら、にっこりと笑った。

「決めるのは君だ。少女」


セラがしばらくひとりになって考えたいと言ったので、ジャンたちは地上、メルセデッサの私室に場所を移した。

「私はまだ納得していませんから、師父」

「君は堅いなあ……。どうしてそんな風に育っちゃったのかな、まったく」

長椅子に腰掛け足を組むムルドは、ジャンに賛同を求めた。

「青年はどうだい？　もし町に行くのならば、君にエスコートしてもらいたいと思っているんだけどね」

「それはもちろん、謹んで承るさ。お姫様を守るのはナイトだって、どこの世界も相場が決まっているんだからな」

しかし、憂慮はあった。

セラに宿る呪いと、彼女を縛る魔神器の問題だ。

「狂神の呪いが人に伝染しない類のものだというのは、わかった。周囲の人から生命力と魔力を吸い上げるという『インシニミアの獄門』も、今は十分に制御できている。けれど、他ふたつの魔神器は、いまだ沈黙を守り続けているんだろう？」

往来で誤作動を起こしてしまったら、大惨事が巻き起こる。

「そのときは青年が『ヴルムの真腕《しんわん》』を操って、内側から門を閉めればいいじゃないか」

「一度制御できたからといって、二度目もうまくいく保証は」

「青年、君は誤解しているよ。保証なんてものは、どこにもないんだ」

部屋に冷ややかで厳しい声が流れた。

「彼女が生きている限り、魔神器が暴走する確率がゼロになることは、一生ないんだよ。それに配慮して暮らせというのならば、あれは永遠に地下庭園から出すことができないだろう。いや、地下ですら生ぬるい。人里離れた監獄の最下層に落ちるべきだ」

「それは」

ジャンとメルセデッサはどちらともなく目を合わせた。

「しかし、この場合それが得策と言えないのはわかっているだろう？　今のタイミングはね、ちょうどいいんだよ。魔神器の次は呪いに対抗するべきだ。少女が幸せを感じれば感じるほどに呪いは弱まる。話はそこまで単純ではないけれど、先を見据えるなら一度ぐらいはここで羽根を伸ばしたほうがいい」

ぐっと拳を握ったのは、ジャンだ。

「わかった、むっくん」

「覚悟は決まったかい？」

「ああ」

なんの覚悟かと問われれば、それはこの選択に責任をもつ覚悟だ。

「俺はセラに、セラが救った人々を見てほしいと思っている。セラが狂神を倒したからこそ平和に暮らすことができる人が大勢いる。セラは自分がどんな偉業を成し遂げたのか、正しく知るべきなんだ。自分の目で見て、耳で聞いて、感じてほしい」

質問に正解した生徒を称《たた》えるように、ムルドは両手を上げて小さく手のひらを叩《たた》いた。

「君は優秀だね。花丸をあげよう」

「そいつぁどうも。セラを幸せにするのに、ひとりでできることなんてたかがしれているからな。セラにはどうやったって、この世界を好きになってもらわなきゃならねえんだ」

気難しい顔をして、メルセデッサは首を振る。

「私は、やはり賛成はできない。罵られようが構うまい。セラフィルナさまが傷つくのが怖いのだ」

それでも、と彼女は感傷じみた言葉を続けた。

「セラフィルナさまが選んだのはお前だ、ジャン。お前のしたいようにするがいい。もしお前を捜し出すことが出来なければ。お前が協力してくれなければ。あるいは『ヴルムの真腕』に適合できなければ、セラフィルナさまの心は今も砕けて戻らないままだった。あの方が外出するべきかどうかを議論できる日が来るとは、思わなかったさ」

そうだ、自分たちは確実に前進しているのだ。

セラの未来は拓《ひら》けている。

ジャンは口元を緩めた。

「だったら来年の今頃は、新婚旅行はどこにいこうかって、セラも一緒に真剣な会議をしていると思うぜ」

「ならば私はそのときも、お前の楽観的な意見に反対するだろうさ」

メルセデッサの硬い冗談に、今度こそジャンは声をあげて笑った。

◇◆◇◆◇

泉のほとりに足を抱えて座り、セラは揺らぐ水面を見つめながら、これからのことを考えていた。

ジャンが『結婚しよう』と言ってくれた。もう二度と会えないと思っていた彼が目の前に現れて、そのうえ両思いだったというのだ。

そんな降って湧いたような幸運に目がくらみ、心の底から生きたいと願った。そして彼の助けがあり、自分は今こうして平穏に暮らしていられる。

『インシニミアの獄門』の暴走を止めてから一週間。ジャンと話す何気ない言葉、何気な

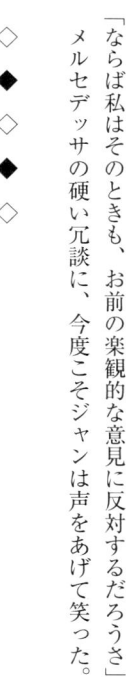

い時間が、なによりもかけがえのないものだった。

なにも壊さず、誰とも争わない。そんな宝石のような毎日は眩《まぶ》しすぎて、怖いぐらいに幸せだ。

だから、もう十分なのだ。

狂神と戦う前は、刺し違えても構わないと思っていた。呪いを全身に浴びたセラは徐々に弱ってゆき、このまま死んでしまうのだろうと覚悟した。

だが、命は救われた。指先の隅々まで魔力が通っている実感がある。五体は満足に動き、剣だって振り回せるだろう。

外に出るのだって嫌なはずはないのだ。救ってくれたみんなの気持ちは本当に嬉しい。

だが、ムルドは言った。決めるのは少女《じぶん》だと。

もし自分の魔神器に未《いま》だ暴走の可能性が残っているのならば、外に出るべきではないとセラは思う。

自分はあくまでも個人に過ぎない。個人の幸せのために、それより多くの人を危険に晒《さら》すことは間違っているはずだ。

「……わたしは、勇者だよ。勇者として、そう育てられたんだ」

膝に顔を埋め、セラは小さくつぶやいた。

生まれた頃から勇者として育てられたセラには、自由などなかった。セラには不自由がわからない。地下庭園に閉じこもるのだって、少しも嫌じゃないんだ。だってここに居る限り、自分は誰にも迷惑をかけることはないのだから。

セラは泉にほんの小さな波紋が広がったのを見て、声をかけた。

「どうかした？　ルーニャ」

「ひえっ！　い、いいえ、ルーニャはなんでもありません！」

後ろから近づいてきた少女を見やると、彼女はあわあわと両手を動かしている。なにか自分に言いたいことがありそうだ。従者の彼女のことだから、きょうの夕食の献立に関してだろうか。

「あ、あのぉ……」

「なぁに？」

「ゆーしゃさまは、お外に、行きたくないんですかぁ？」

目を瞬《またた》かせる。とっさに答えが出てこなかった。

「ええと……どうかな。行きたくないわけじゃないよ。きっと、すごく楽しいんだと思うの。ジャンも一緒なら、きっと夢みたいな時間が過ごせるんだろうな、って」

ううう～とルーニャは頭を抱え、葛藤していた。くすりと笑い、促す。

「いいよ、気にしないで言って。そうしてくれたほうが、わたしは嬉しいよ」

「では僭越《せんえつ》ながらぁ！」

ルーニャが眼前に飛び込んできた。さすがに驚いて身を引いたところで、その手をギュッと握りしめられる。

「ゆーしゃさまにお礼を言いたい人は、たっくさんいると思いますぅ！　ですから、ゆーしゃさまは町をちゃーんと見て回るべきなんですぅ！」

「え、ええと」

目をパチクリして。

「さすがに、身分を明かすことはできないと思うよ……？　わたしが生きていることは、まだ秘密だから」

ひとつひとつの挙動が大げさなルーニャは、やはり大げさに驚いた。

「そんなぁ……。ゆーしゃさまが無事だって聞いたら、みんなすっごく喜ぶと思いますのにぃ……」

意外な言葉だった。

「……わたしが生きていると、どうしてみんな喜ぶの？」

「だって、世界を救った勇者さまですもん！」

ルーニャの言葉には一切の迷いがない。

「世界を救い終わったんだから、わたしの仕事はもう終わったんだよ。あとはこの厄介な呪いを消化するために、死なないことだけがわたしの使命で」

「違いますぅ！」

力いっぱい首を振るメイドを、セラは不思議そうに見返す。

なんの力もないはずの女の子が、今はとても力強い存在に見えてしまった。

「そんな悲しいこと、言わないでくださぁい……。ゆーしゃさまは、今を生きる女の子たちの、憧れの存在なんですからぁ……」

わからない。

「わたしは、ただ魔族を斬るのが人より上手なだけの生き物だよ。ルーニャみたいにお掃除も、お洗濯もできない。花を育てることもできない」

自嘲しているわけじゃない。それは事実なんだ。

「それなのに、どうして悲しいの？　どうして、ジャンもあなたも……わたしのことを構ってくれるの？」

決まっている、とばかりにルーニャは叫んだ。

「ゆーしゃさまのことが、みんな、みんな、大好きだからですぅ！」

「…………」

どうしよう、本当にわからないんだ。

だってわたしは無我夢中に旅をして、人を助けては魔族を殺し、それをただ繰り返してきただけだから。誇れるものなんて、なにもないんだから。

ただ、なぜだか悔しかった。

それがわからない自分のことが悔しくて、どうしてみんながわたしのことを好きと言ってくれるのかが、知りたかった。

己を律する力が弱まり、まるで涙のような言葉がこぼれた。

「……町の外にいけば、それがわかるの？」

「それはもっちろぉん！　……というわけには、いきませんけどぉ……」

胸を張ってから急に萎縮したルーニャがおかしくて、ちょっと笑う。

「ねえ、ルーニャ。それはわたしがみんなを危険に晒してまで、知るべきことなのかな」

今度こそルーニャは断言した。

「大丈夫ですぅ！　ゆーしゃさまは誰も傷つけません！　だってゆーしゃさまは、みんなに愛されてる勇者さまなんですもん！」

「そ、そうかな……」

興奮した面持ちのルーニャを両手でなだめながら、セラは「うん」と改めてうなずいた。

「わかった、ありがとうね、ルーニャ。やっぱり駄目だね、ひとりで考えてるとわたしって、すぐ後ろ向きなことばっかり考えちゃう」

「はぁぁん！　このルーニャがゆーしゃさまのお役に立てたなら、こんなに嬉しいことはありませぇん！」

心から嬉しそうに身悶《みもだ》えするルーニャは愛らしくて、なるほど、この子が魔族に喰《く》い破られる未来を破壊することができたのなら、自分の旅も意味があったんだろうな。

するとふいに、胸が熱くなってくる。

おかしいな。

気を抜いたら、泣いてしまいそうだ。

でもそれは、信じられないほどに甘くて、心地よい気分で。

町に出て、たくさんの人を見たら、もっともっとこんな感情を味わうことができるのだろうか。

そんなことを考えるのは、きっとよくないことだ。

だってほら、急にこの幸せな地下庭《はこにわ》園が色あせて見えるのだから。

だけど……。

セラはルーニャの手を、握る。

それは小さくて、温かくて、確かに生きていた。

「……わたし、自分にはまるで自信がないのだけど」

だって、救えなかった人の方ばかり、覚えているから。

「ルーニャやジャンがそう言ってくれるなら、ふたりを信じたい。幸せがなんなのか、今はまだよくわからないけれど、でも……」

セラは頬を赤らめ、まるで子供の頃の夢に憧れるように恥ずかしそうに、言った。

「本当は町に出て、したいこと、たくさんあるの。旅の最中にずっと考えてた、あれもしよう、これもしようって。あんまりわたしを甘やかさないでよね、ルーニャ。夢みたいで、泣いちゃいそうだよ」

そう言うと、どうしてだかルーニャのほうが先に泣いてしまって、セラは彼女の背中を叩いてあやすはめになってしまった。

ありがとう、ルーニャ。わたしに勇気をくれて。

セラは声に出さず、彼女に感謝の念を告げる。だって口に出したら、泣いてしまいそうな気がしたから。

でもいつかきっと、微笑《ほほえ》みながらお礼を言えるように。セラはこの小さな少女を優しく抱きしめたのだった。

◇◆◇◆◇

ジャンが説得内容をムルドと遅くまで協議し、会心の四案を携えてセラのもとへゆくと、彼女は「うん、いこう」と嬉しそうにうなずいてくれた。

どんな心境の変化かはまったくわからなかったが、セラも人間だ。気が変わることはあるだろう。なぜだかルーニャが偉そうに「センパイに感謝してくださいよねぇ！」と言っていたのでとりあえず拝んでやった。

というわけで、外出日がやってくる。

「……ど、どうかな？」

朝日の差し込む地下庭園にて、よそ行きの格好をしているセラは手を後ろに回して、恥ずかしそうにしていた。

市井に赴くのだから、服はいつものような上等すぎる作りではない。胸元の開いた清潔感のある白いシャツに、アイスグリーンのスカート。ブーツも純白色で、セラの清楚《せいそ》な魅力を可愛《かわい》らしく彩っていた。

そうしていると、まるでなんの変哲もない少女だ。争いとは無縁で、剣すらも持ったことがないような。

いつまでもジャンからのリアクションがないことを不安に感じ、セラはスカートの裾をつまむ。

「や、やっぱり……ヘンだよね？　こんな姿。全然わたしらしくないっていうか」

「いや、そうじゃない。似合いすぎててびっくりしたんだ。勇者にならなくても、仕立て屋の専属モデルとして生きていけたんだろうな。とってもかわいいよ」

「……もう、そんなこと思ってないくせに」

すねたような口調だが、セラの頬はほころんでいた。

「にしても、誰が服を選んだんだ。セラが着るために生まれた服みたいじゃないか。メルセデッサか？　いやまさかかな。そんなセンスがあるようには思えない」

「本人を前にずいぶんな言い草じゃないか。私の私服を見たこともないくせに、よくそんなことを口に出せたものだ」

セラの外出という一大イベントに、セラフィルナ管理官が不在のはずもない。瞑目《めいもく》して腕組みをするメルセデッサに、ジャンは肩をすくめる。

「お前の見立てなら、素直に謝るよ。どうなんだ？」

「……私の友人に頼んだとも。いや、だが私が頼んだのだから、私が選んだようなものだろう。そうとも、私の見立てだ」

「無理があるぞ」

セラもくすっと笑う。

「ありがとうね、メルセデッサ。おかげでジャンがかわいいって言ってくれたよ。いい思い出になるわ」

「は、もったいないお言葉です」

「お前にかけられた言葉じゃないけどな」

メルセデッサに睨まれるのも慣れてきた。それでは、とジャンはセラの前に跪く。

「お姫様。本日はあなたをエスコートする名誉をこの俺にいただければ恐悦至極」

「なぁにそれ」

「貧しい農村の出身なんでな。こういう騎士みたいな真似には憧れていたんだ」

「いいわ」

セラはジャンの手を取り、毅然《きぜん》と微笑む。その雰囲気が確かに変わった。差し込む陽は彼女を輝かせるための光輪となり、一国の王女然とした美しき娘がそこに現れる。

「このセラフィルナ＝フィンボルトの休日を、貴方《あなた》に捧《ささ》げます。どうかわたしを導いてくださりますように」

ここで守るべき女性に見とれてしまうのは、恐らくナイトとしては失格だろう。無理やりにでも頭を垂れ、「は」と返事をする。己の自制心が勝ってしまったことに虚《むな》しさを覚えなくもない。

こうして、セラと過ごすなんでもない、かけがえのない一日が始まった。


有事に備え、メルセデッサやその部下である理術師が市街に散らばっていることは、セラには伝えていない。自分の行動でいろんな人に迷惑をかけてしまうことを恐れる彼女は、気にしてしまうだろうから。

代わりと言ってはなんだが、職務に忠実で勤勉な彼らの分まで、セラには楽しんでもらわなければと、ジャンは人知れず奮起した。

クアラクネ王国の首都ベルアメールは、エスカニア大陸の中では中規模都市に位置する。隣国と面するために陸上貿易が栄えており、また、国の防衛拠点であるから兵士の数が周辺都市よりも断然多い。戦禍に晒されたことはないが、この町の住民は常にその覚悟を迫られているため、独立心の強い者が多い気風だ。

王城から出たセラは眩しそうに太陽を見上げ、本日の予定を尋ねてきた。ジャンはセラのやりたかったことをすべてやる気でいたが、ひとまずは正門から町を練り歩くことにした。

つばの広い帽子を目深にかぶったセラは、隣に立つジャンの顔を見上げながら。

「きょうはどこに連れてってもらえるのかな、ナイトさま」

「そりゃもちろん、お姫様の気に入る場所にさ」

「楽しみね」

大通りはラマ車が行き交い、人の活気が溢《あふ》れていた。左右に立ち並ぶ露店は色とりどりで、客引きの掛け声は絶え間ない。

まるではぐれてしまいそうな人混みの中、セラは帽子を押さえながら「わあ」と漏らす。

「ずいぶんとみんな早起きなんだね。こんなに大勢が朝から忙しそうにしているだなんて」

「貿易都市のベルアメールには二回のピークがあるんだ。朝にこの町を出て買い付けにいく商人たちと、夕方にようやくこの町を訪れる旅馬車。だから自然と人々もその流れに沿った生活になるってわけさ。今の時間を超えればひとまずは落ち着くぜ」

「そうなんだ！　じゃあ、ジャンはわたしにこの人たちを見せたかったの？」

「いやいや、そんな迂遠《うえん》なことはしないさ。買い付けにいく他に、町に帰る商人も朝早くに出発するからな。町に帰るなら、売れ残った荷物はできるだけ軽くしていきたいだろ？　バーゲンセールの中には掘り出し物があるかもしれないぜ」

言い終わるよりも先に、セラは軒先に並んだ華やかなアクセサリーに目を奪われていた。

「わ、すごいね、ジャン。キラキラしてて、綺麗。あ、そっか、もうこういうの身につけても邪魔になったりしないんだ」

ブレスレットやブローチ、ペンダントにはそれぞれ、象徴となる石が嵌《は》め込まれている。

セラが気に入ったのは白い石の指輪だ。しかし、手には取らなかった。

「買わないのか？　お小遣いはメルセデッサにたっぷりと渡されているだろ」

「うん。でも指輪はやっぱり戦うときの邪魔になっちゃうよねえ……。戦わないにしても、指に嵌《はま》っているとたぶん落ち着かなそう……」

「ん、そうか。……じゃあ指輪はないほうがいいかな」

ジャンが独り言のように言うと、セラの顔が赤くなった。

「え？　あ……あの、その、肝心の指輪のことは、大丈夫だよ。きっと、うん。そのときまでには特訓して、慣れておくことにする、から」

慌てて手を振るセラに、ジャンは「あんまり無理するなよ」と笑いながら言った。長年で染み付いた彼女のスタイルを簡単には変えられないだろうが、自分のために努力してくれるのならそれは嬉しいことだ。

しかし、それからいくつもの露店を巡ったものの、セラは自分からなにかを買うことはなかった。

「目を楽しませてもらったからそのお礼になにか買ったほうがいいのかな」と尋ねてくるセラに、ジャンは首を振る。

「使わないのに買っても仕方ないだろ。そういうのは無駄遣いって言うんだ。それよりも、一軒でも多く眺めようぜ。本当に気に入るものがあるかもしれないだろ？」

「んー……うん、わかった。ありがとうね、ジャン」

セラは真面目なやつだ。

大通りの片側を見るだけで陽は高く昇り、大半の露店は店じまいを始めた。人も少なくなってきて、次の賑《にぎ》わいは夕方になるだろう。

「決めた」

セラはそう言うと、ジャンの手を引いて最初の店に戻っていった。今まさに店仕舞いしようとしていた店主に声をかけ、あの白い指輪をひとつ。それに黄色いブローチを買った。

「こっちはね、ルーニャへのお土産だよ。いつも親切にしてもらっているから、なにかしてあげたいなって思っていたんだけど、普段じゃなかなか機会もないから」

「センパイなんて、『ありがとう』の一言で号泣だろう。プレゼントなんてあげたら心臓麻痺《まひ》で倒れるかもしれないぞ」

「えっ、そうかな……。やめたほうがいいかな……？」

真剣に問いかけてくるセラに忍び笑いを漏らすと、からかわれたことに気づいた彼女は顔を赤くした。早足で歩いていくセラの横に並ぶ。

「ごめんごめん、セラ」

「変な冗談言わないで、ルーニャが死んじゃうとか……。そんなの、悲しいよ」

「ん……そうだな、俺が悪かった。ごめん」

セラはたくさんの仲間を亡くしてきたのだ。そこに触れるなんてあまりにも軽率な発言だった。

頭を下げると、セラは「うん」とうなずいて、微笑んでくれた。

「ちゃんと謝ったから、許してあげる。反省できて偉いよ、ジャン。いい子いい子」

まるで子ども扱いだ。今度はジャンが口をへの字に曲げた。

「お前、そういう言い方はないだろ。俺のほうが二つも年上だぞ」

「だったら変な冗談を言うほうが悪いと思いまーす」

その話題を蒸し返されると、こちらが不利なのは明白だ。ジャンはうめきながら甘んじてセラの「いい子いい子」発言を受け入れることにした。

「それでは、次のお店に行きますか、お姫様……。雑多なお店ですので、もしかしたらお口に合わないかもしれませんが」

「平気だよ。味覚が戻ってきたばかりだもの、味があるってことが嬉しいんだから」

それはそれで案内しがいがないな、とジャンは思った。


酒場と宿屋が一緒くたになったような店で食事を取った。牧畜が盛んなベルアメールでは、たいていの店で美味《うま》い肉が食える。もっとも、セラは宣言通りなにを食べても美味《おい》しそうな顔をしていたが。

その後、午後一番で向かった場所はさすがにセラも予想外だったようだ。

だが、本日の目的はこの場所にあると言っても過言ではない。

「こういうサプライズならいいんだろ？　お姫様」

「だからって、ここは」

小声で話しかけてくるセラの顔は、真っ赤だった。ジャンとセラの正面には、微笑む綺麗なシスターが座っていた。

「どうかいたしましたか？　いえ、色々と悩み事がおありなんですね。わかりますとも、人生の分岐点ですものね。皆さま、とても多くのことを考えられるんですよ」

「え、ええ、まあ……」

セラは小さくなりながらか細い返事をした。

ここは教会の相談室だ。自分たちの他にも十組近くの男女がいて、向かいに座るシスターと顔を突き合わせて打ち合わせを進めている。

「このところ、結婚式をあげる方々が多すぎて、私どもの教会だけでは人手が足りなくて。近くからも応援に来ていただいているんですよ」

年若なシスターは頬に手を当てて、実に嬉しそうにそう言った。

今なお結婚式と葬儀は教会が主導で行なうところが多い。このように無料で相談を引き受けてくれるなど、手厚いケアが人気の理由だろう。彼らは長年続けてきただけあって、新郎新婦に寄り添った式作りが評判なのだ。

「新婦さまはどのような式にしたいとお考えですか？」

「えっ、わ、わたしですか!?　あの……それは……」

セラはジャンの顔をちらちらと覗《のぞ》き見る。こんなのまったく聞いてないよという非難がましい目つきだった。

「俺たち、結婚しようとは言ったけれど、具体的な話はなにもしていなかっただろ?」

「うん……そう、だけど」

「いい機会だと思うんだ。俺たちの間の結婚像というか、そういうのを話し合ってみるっていうのは」

そう、結婚の話を受けた以上、そろそろセラにはちゃんと向かい合ってもらわなければいけないのだ。いつまでも『わたしはジャンと一緒にいられるだけで幸せだよ』では済まない。

これはセラが前に進むための儀式だ。

自分の幸せと向き合う。そして、これからの未来を思い描くために。

と、そんなジャンも平気なフリをしているのだが、もちろん恥ずかしいし緊張している。

サプライズで連れてこられたら、セラのように浮足立ってしまっていただろう。

「ほら、シスターが待っているぜ。セラの思う通りのことを言えばいいのさ」

もちろん、彼女が結婚というものをまったく想像していなければ、ジャンだってこんなところに連れてくることはなかった。けれど、セラの心の中には確かにジャンとの結婚の情景が描かれていたのだ。何度も何度も、夢想していたに違いない。

だから、恥ずかしそうにしながらも、セラはぽつりぽつりと口を開いた。

「具体的なことはなんにもないんですけど……でも、別にわたしは、ちっちゃくても、式をあげてよかったなって、そう思えるような式になったらいいなって……」

「あらまあ、慎《つつ》ましい新婦さんですね」

「そうなんですよ。いつも自分のことは後回しで、他の人の幸せばかり願ってる。本当に、損なやつなんです」

ジャンが横から口を出すと、セラはさらに顔を赤らめて、ううう、と意味のないうめき声を漏らす。

「そんなこと、ないよ。それはわたしのことを、よく言い過ぎだよ。だったらジャンだって、いつもわたしのことばっかり気にして、あのときだってわたしに心配かけないようにって強がってなんでもないフリをして……」

『あのとき』がいつを指すのか、ジャンにはすぐわかった。

自分が腕を失ったときの話だ。

自らの弱さ故にセラを突き放し、これ以上は一緒にいられないと言い放った。もちろん本心などではなかった。だからこそ、ジャンはそのときの言葉を死ぬほど後悔していた。もっと他にうまい別れ方があったのではないかと、悔やみ続けた。

それをセラは『強がり』と言ったのだ。

唐突な爆弾に、ジャンは言葉を失う。

「……それ、お前……。どうして、そんな」

見抜かれていただなんて、思いもよらなかった。

セラは動揺するジャンに、唇を尖《とが》らせた。

「だって、わかるよ……。ずっと、一緒にいたんだもの」

むしろ彼女は、ジャンが驚いたことにすら不本意そうだった。子供扱いされたとでも思ったのだろう。

そんなつもりは毛頭なかったから、ジャンは精一杯嫌なやつの皮をかぶったというのに、それすらもお見通しだったのか。

「……だから、俺を止めなかったのか？」

「……」

小さくうなずくセラを見て、体の奥が熱くなる。それは羞恥だけではない。もっとなにか違う、セラへの感情の高ぶりだ。

叫び声を漏らさぬよう、ジャンは思わず口元を押さえた。その様子を見たシスターが「仲睦《むつ》まじいのはすばらしいことですね」とのんきに微笑んでいる。

「うん、なんだかわたし、わかってきた気がする」

セラは顔を上げ、シスターの目を見ながら告げる。

「わたし、ジャンを幸せにしたい。こんなわたしと一緒になってくれるって言うジャンに、よかった、本当に自分は幸せだ、って思ってもらえるような式にしたいんです」

またそんなことを言うから。

こぼれそうな涙をこらえるのに、必死になってしまう。

まったく、セラと再会するまでの自分は死んだような暮らしを送っていたのに、また会えてからは泣きそうになってばっかりだ。

せき止められていた感情が、失われた数年分を取り戻すかのように激しく燃焼しているのかもしれない。

「俺も、同じです。セラがこの世に生まれてきてよかったと心から思えるような、そんな結婚式を挙げたいです」

あらあらまあ、とシスターは微笑む。

「とても、お似合いのふたりですね。新郎さんも新婦さんも、きっと幸せになれますよ。大丈夫です。生まれてきた命は祝福されているんですから」

隣り合って座っていたセラとジャンは、お互いの手を握る。

その確かな温かさが、今はなによりも愛《いと》おしかった。

シスターが席を外している間、セラはぼんやりと辺りを見回していた。

年若いカップルも、あるいは自分たちよりずっと年上の人たちも相談室を訪れている。

誰もが恥ずかしそうに、けれども幸せそうに、結婚式を挙げるためのビジョンを語っていた。

それはセラにとって、なんだか不思議な光景だった。

「ずいぶん多いだろ」

「……え？　あ、うん。そうだね。みんな、結婚したいんだね」

「そうじゃないよ」

ジャンは笑いながら言った。

「狂神が滅ぼされて、世界が平和になった。これから先は、脅かすもののいない人間の時代が来るんだ。だからみんな、ようやくちゃんと幸せになろうとしている。みんなお前のおかげだよ、セラ」

「……え」

その言葉はあまりにも衝撃的で。

「わたしの？」

「そうだよ。ここにあふれる幸せは、お前がひとりでがんばったからだ」

「そんな」

反射的にセラは否定しようとした。けれど、言葉は喉の奥から出てこなかった。

だってそれは――嬉しかったから。

あまりにも嬉しくて、嬉しすぎて。

人々の平和を守るために戦うとは言っていたけれど、結局セラは具体的な人を思い浮かべられずに、ずっとジャンのために戦ってきたから。

「なあ、セラ。お前は幸せになるべきなんだよ。だって、お前が幸せになれないなんて、間違っているだろ。これだけの人が、お前のおかげで幸せになれるんだからさ」

ぽたり、と水滴が落ちた。

それはセラの目からこぼれ落ちた涙だ。

セラは泣いていた。ウソみたいな大粒の涙が、彼女の手の甲を叩く。

「だって、そんな、わたし」

声にならない声。ジャンはセラの頭を抱く。

「お前のおかげなんだ。セラ」

「わたし、そんな、必死に、戦ってきただけで」

「ああ。そうだよ、お前はがんばったんだ。報われるべきなんだ」

ダメだ。涙が止まらない。

恥ずかしい。こんな公衆の面前で感情を露《あら》わにして泣きじゃくる自分が。恥ずかしい。まるで子どもみたいじゃないか。しっかりしないと。だって迷惑がかかるから。

でもダメだ。泣きやめない。こんなに自分の思い通りにならないことなんて、久しぶりだ。

ジャンが頭を撫《な》でてくれる。

「いい式にしような、セラ」

セラは涙の海に溺れながら、あえぐようにうなずいた。

「――うん」

教会を出たときには、もう夕方だった。

「大通りに行くか？　セラ」

「……ううん、もうちょっとこのままでいたい」

「ん」

人通りの少ない町の広場で、セラとジャンはベンチに座り、寄り添っていた。

ジャンの肩にセラが頭を乗せて、目を閉じる。

「きょうは、ありがと。わたしに素敵なものを見せてくれて」

「俺はなにもしてないよ。全部、セラのおかげさ」

「ううん、そんなことない。わたし、幸せ者だね」

「まだまだこんなもんじゃないぜ。お前は世界中の誰もが羨むほどに幸せになるんだから」

ジャンの指に自らの指を絡め、夢を見ているような声で。

「なんだかちょっとこわい……って、思ってたけど、でも、うん、あなたとなら信じられる気がする。あなたはわたしの見えないものが見えているんだわ」

セラは潤んだ瞳でジャンを見上げる。

「わたしも、あなたと同じものが見たい」

「これから先、いくらでも時間はあるさ。一緒に歩んでいこう」

「あなたがそうしてくれるなら」

「俺の気持ちは、一番初めに言ったはずだろ?」

胸の鼓動が収まらない。満ち足りて、安らいでいるはずなのに。けれど、彼の声を聞くたびに息が詰まるように胸が苦しくなった。

「結婚しよう、セラ。必ずお前を幸せにする」

三度目のプロポーズだ。

けれど、何度だってジャンは繰り返すだろう。

セラが自分のこれからの人生に実感をもてるようになるまで、何度でも。

自分は幸せになってもいいんだという確信をもてるようになるまで、幾度となく。

「……何度言われても同じこと。わたしの答えは、変わらないよ、ジャン」

セラはとろけるような笑みを浮かべ、ささやいた。


「喜んで、ジャン」


ふたりは手を繋《つな》ぎ、帰路につく。

目の前にある確かな幸せをひとつひとつ拾い集めることができるような、そんな一日が終わりを告げるのだ。

◇　◆　◇　◆　◇

夕暮れの帰り道、セラとジャンは街を一望できる広場に寄った。

ふたりの前に、ひとりの幼い少女がやってくる。

バスケットにたくさんのお花を詰め込んだその少女は、にっこりと笑いながら声をかけてくる。

「おねーさん、お花買ってくれませんか？」

花弁の大きな赤い花だった。

セラは少女のもとに屈《かが》むと「きれいな花だね」とつぶやいた。

夕焼けに伸びた少女の影は巨大で、広場一面に広がっている。

セラは振り返らず、ジャンに言う。

「ねえ、ジャン。きょうは本当に楽しかったよ。ありがとう。あなたがくれたたくさんのものは、とってもキラキラしていて、まぶしかったよ」

夕焼けは雲に覆われ、辺りには陰が落ちてゆく。

それはまるで現世と魔界が入れ替わるかのように。

セラの様子がおかしいと感じた。

「……どうかしたか？　急にそんなことを言い出して。感傷に浸るのはまだ早いぜ。ちゃんと家に帰るまでがデートだろ」

「違うよ、ジャン。ふたりが別れたその時点で、デートは終わりなんだよ」

「だったら」

帰る場所は同じだ。あのティネの花が咲き誇る地下庭園だ。

「だからこそ、デートはここで終わり」

セラは少女の差し出す赤い花を手に取った。毒々しいまでに鮮やかなその花を。

夕日に照らされていたからわからなかった。こんな色をしていただろうか。

「ありがとうジャン。わたしに甘い夢を見せてくれて。まるで普通の子みたいに、わたしを扱ってくれて。ありがとう——」

背筋を伸ばし、両手を広げ、セラは唐突に歌を奏でだした。その旋律は、雲を突き抜け天に響くような高らかさ。セラの周囲が白く濁り出す。

煙は形を変えて、セラの手にまとわりついた。それは形取り、一本の剣へと——。

唱喚《しょうかん》魔法。音階と誓詞によって二重世界の装具を物質化する力。

なぜこんなところで。

セラの手に現れたのは、白花色《しろはないろ》の飾り立てられた剣だった。

儀礼用の装飾が散りばめられ、まるで戦いの役に立ちそうもない華美な剣を摑《つか》み、セラはその切っ先を。

少女へと向ける。

「セラ!?」

ジャンはその細い背へと手を伸ばす。

同時、とっさに剣を抜こうとし——剣を持ってこなかったことを思い出す。

ほんの刹那、セラはこちらに振り返ったような気がした。

その顔にもはや寂しさはなく、隔絶された達観だけがあり——。

決別したのだとわかった。彼女はもしかしたら手に入るかもしれなかった日常を棄《す》て、一歩を踏み出したのだ。

だがそれはいったい――。

セラが。

少女の首を刎《は》ねた。

目を見開いた少女の頭部が宙を舞う。赤い花の詰まったバスケットが地面に墜落した。

この身を覆う金縛りめいた衝撃を吹き飛ばし、ジャンは今一度叫ぶ。

彼女を連れ戻すかのように。

「セラ！　お前は――！」

なにを、と続けることができず、セラはジャンの手からすり抜けた。花を踏みにじり、さらに遠くへといってしまう。

路地裏から、民家の窓から、建物の陰から、何者かが飛び出してくる。それらは人だった。多くの人がセラに襲いかかる。

姿勢を低くして第一陣を避けたセラ。似合っていた麦わら帽子が腕に突き破られ、その金色の髪が広がった。輝く金髪を振り乱し、セラは剣を振るう。

なにが起きているのか、ジャンにはわからない。

ただ目の前で繰り広げられているのは殺戮《さつりく》だ。

人々が熱烈な悪意をもってセラを打倒しようと押し寄せてきて、そして彼女はいともたやすく振り払う。斬り払う。

間合いの内側に入ってきた腕を斬り落とし、足を薙《な》いで動けなくしたところで、その首を刎ね飛ばす。その三手は瞬きよりも速く、なによりも躊躇《ちゅうちょ》がなかった。

戦いは一瞬だった。

一瞬ですべてが終わってしまった。

聖剣ギガントマキアーからぽたぽたと血を垂らすセラは、こちらに背を向けて佇《たたず》んでいる。

周りには十を超える人の死体。すぐそこにいるはずなのに、セラをとても遠くに感じる。

監視を続けていた理術師たちが駆けつけてくるまで、あと間もなくだろう。ジャンはショックを押し殺しながらセラに近づく。

なにかを踏みつけた。それは首のない少女の死体だった。

たまらず叫ぶ。

「っ……セラ！　どうして！」

振り返る彼女は、純白の衣装を血に汚し、凍りついた死神のような顔をしていた。

それを怖いと思うか？　否。

ただ、ジャンはセラを遠くに思う。

「きっと、これがわたしの生きていく世界なんだよ。たとえ狂神を討ち取ったところで、わたしがその因果から逃れることはできないんだ」

衣服の隙間から覗く斑紋――狂神の呪いは、まるで脈打つように揺れている。

それはまるで、セラの魂を縛りつける拘束具のように見えたのだった。

第五話『強さと弱さ』

きっと、幸せになれると信じていたんだ。

だがそれは、ジャンだけだったのだろうか。

甘い言葉にとろけたような笑みを浮かべながらも、セラは『自分にそんな幸せは手が届かない』と思っていたのだろうか。

夜にひとり地下庭園に帰ってきたジャンは、ただそれだけが悲しかった。


惨劇の後、やってきた理術師たちとメルセデッサによって、セラは連行されていった。

地下に戻ってきたジャンは、空虚な気持ちを抱えていた。

辺りにはもう夜の帳《とばり》が下りている。ルーニャはセラの帰りを待つつもりでいたらしいが、明日の仕事もあり、眠ってしまったようだ。厚い雲に覆われて星の明かりも見えない夜。

泉の前に立つ。暗闇に映る自分の顔は、ひどく疲れ果てていた。

きょう一日の出来事は、なにもかもが夢のようだった。

甘い夢と、そして悪夢。

眼前で行なわれた凶行に、あのときのジャンは凍りついてしまった。固まって、なにもできなかった。ただセラの戦いに目を奪われた。美しくも恐ろしい舞であった。

それだけがまぶたの裏に焼きついて。

本来ならとっくに浮かんでいるはずだった疑問は、遅れてやってくる。

「セラはなぜあんなことをしたんだ」

なんの罪もない少女を斬るはずがない。

人々がセラに襲いかかったのもだ。

あの日、セラが外出することを知っていたのは、王国に仕える人々でもごくわずかだ。

それに彼女を害したところで得をする人間などいない。拡散された呪いによって人はあまねく滅びると言われているのだから。

得をする人間はいない。——ならば、人間ではないとしたら？

「まだ、起きていたか」

廊下から姿を見せた女性がいた。彼女もまた、疲れた顔をしている。いつも整然と結ばれている赤髪は、乱れていた。

「メルセデッサ」

「お前には話しておこうと思ってだな。私が出向いたわけなんだが」

彼女の言葉を待つ。

「結論から先に言おう。セラフィルナさまが斬り伏せた十六の屍《しかばね》はいずれも、たったひとつの例外なく、すべて魔族であった。人間の皮をかぶっただけの魔族だ。セラフィルナさまは決して人間を殺してはいない」

もちろん信じていた。

けれど、メルセデッサにそう言ってもらえると、やはり安心してしまう。安心する反面、自らの心の弱さを突きつけられているようで苦しかった。

「セラは、今どこに」

てっきりメルセデッサが連れてくるものだと思っていたのだが、いないということは軍議の最中だったりするのだろうか。

魔族の侵入は由々しき事態である。ならば、今度こそ自分が力になるべきだ。

しかし、赤髪の女性は自ら認めたくないとばかりに、首を振った。

「……自ら進んで牢獄《ろうごく》に入っている」

「どうして」

意味がわからない。

だって彼女が斬ったのは、人間の国に忍び込んだ魔族だったのだろう？　セラを倒し、狂神の復活、あるいは人間の滅亡を企《たくら》む残党だ。その魔族を斬ることが、罪であるはずがない。

「まったくだ。どうしてだろうな。いや、本当はわかっているのだ。あの方の想《おも》いは純粋で、まっすぐだからこそ……。きっと、我々を守ろうと思っているのだろう」

「セラが牢獄に入ることが、どうして誰かを守ることに繋《つな》がるんだ」

メルセデッサは大きなため息をついた。損な立場だと同情するが、だからといって説明を放棄してもらうわけにはいかない。それは彼女もよくわかっているはずだ。

「今回の件で、彼女を処分しようという話が、セラフィルナさまの生存を知るごく一部の貴族階級層からあがった」

予想外の言葉だった。

「短時間であれ、精巧に人間に擬態することができる魔族は、そう多くはない。一体一体が相当な実力の持ち主だろう。それを十六体、瞬殺することができる存在はこの地上に彼女だけだ」

セラが絶対的な力をもっているというのは、もとよりわかっていたことだろう。

「馬鹿馬鹿しい。今さらセラを恐れるだなんて……」

「まったくだ。セラフィルナさまを処分するなど不可能なのにな。だが、牢獄に閉じ込め続けるようなことはできるだろう。あの方が牢にいるというだけのことで、他のものたちにとっての印象は変わるのだ」

「その気になれば、壁をぶち破ることなんて」

「容易だ。セラフィルナさまがそれを望みさえすればな」

だから。

「セラは牢獄にいるのか……？」

勇者の生存を知るわずかな者たちを、安心させるためだけに。

「そんなことに何の意味が」

「あると考えている。……いや、信じているのだ。セラフィルナさまは。あるいは、恐れているのかもしれない。自分の魔神器がいつか人を傷つけてしまうということを」

ジャンは拳を握りしめる。

魔神器の暴走を止めて、せっかく外に出られるようになったその矢先に、まさかこんなことになってしまうなんて。

「……あいつは、どうしてそこまで自分を殺して」

そんなのはわかっている。

「だからこそセラフィルナさまは狂神の討滅という偉業を成し遂げられたのだ。自分のためではなく、誰かのために戦うあの方だからこそ」

メルセデッサの声に痛みが伴う。

「私は、本当はわかっていたのかもしれない。あの方が幸せになどなれないことを。それでも、私は願いたかったのだ。セラフィルナさまが少女のように笑い、恋をし、そしてひとりの女性としての道を歩む姿を」

その願意を誰が否定できるというのか。

「だが、魔族がそれを許さない」

狂神亡き今、魔族たちをまとめ上げる者はいない。あの狂った種に理性など存在しないのだから。

「恐らく、狂神の呪いをたどり、奴《やつ》らはこの国にやってきたのだろう。『インシニミアの獄門』がある限り、セラフィルナさまに手出しはできなかった。しかし、セラフィルナさまは市街に姿を見せてしまった。同じようなことは、これからも幾度となく続くだろう」

「……」

ジャンは黙り込んで、悲劇的な結末に終わる物語を朗読するようなメルセデッサの声を聞き続けていた。

「たとえ魔神器を支配し、邪神の呪いに打ち勝って日常生活を送ろうとしても、セラフィルナさまは永遠に戦いからは逃れられない。それこそ、すべての魔族を討ち倒すその日まで。呪いというのならば、これが呪いだ。人の輪の中で生きることを許されない呪いだ」

「違う。俺たちはセラにそんな運命を背負わせたりはしない」

「だが、あの方がそれを望んでいる」

「それは、俺たちに力がないからだ！」

　ジャンは弾《はじ》かれたように叫ぶ。その怒号はメルセデッサにではなく、自分自身に向けられていた。

「セラは強いさ！　十六体の高位魔族をまともに倒そうと思ったらどれだけの被害が出るかわからない。二年ぶりにあいつの剣技を見た瞬間、俺は『敵《かな》わない』と思っちまったんだ。圧倒的だ。まさに次元が違う。鍛錬で届く世界をとうに超えている。だからって」

　腕を振り、ジャンはなお叫ぶ。

「届かないことを理由に諦めるなんてまっぴらだ！　だったら、なんのために俺はここにいるんだ！」

　歩き出すジャンを止める言葉を、メルセデッサはもたなかった。

　ただひとつ。

「セラフィルナさまは、ハイネン監獄の最奥に収監されている。会いに行くのか」

　奥歯を噛《か》み締め、うなずく。

「当然だ。せっかく地下から引っ張り出したのに、また引きこもられちゃ困るんだ。あいつにはなんとしてでも幸せになってもらわなきゃならねえ。俺はそう約束したんだから」

　ベルアメールはかつて前線都市だったからこそ、町外れには要塞代わりの監獄がまだ残っている。ここ数百年使われた記録はないが、それでも保全はされていたのだろう。

城塞と堀に囲まれたそのハイネン監獄には、まるで人の姿がない。空の牢屋が左右に並ぶ廊下を、燭台《しょくだい》を持ちながら剣を帯びたジャンは進む。

雰囲気は冷え切っている。空気も淀《よど》み、花の一輪はおろか緑すらも見当たらない。これなら地下庭園の方がよっぽど居心地いいだろう。

天井は高いが石造りのため、左右から押しつぶされそうな圧迫感があった。

まったく、なにを考えてこんなところに自ら入りたがるというのか。

「馬鹿だよ、お前は」

曲がりくねった廊下を歩き、螺旋《らせん》階段を降《くだ》った先。二倍以上の広さをもつ牢の中に、ひとりの少女がうずくまっていた。

とうに着替えたのだろう、新品の衣服をまとっているが、そこに飾りは一切ない。意思すらも剝奪されたかのようなモノトーンのシャツとスカート。囚人というより、喪服のようだ。

「そうかな」

牢獄に反響する声は、乾き切っている。

「でも、しょうがないよ。あの場で全滅させなきゃ、もしかしたら誰かが襲われていたかもしれない」

「……それは、よくやったよ。お前はお前の役目を果たしたんだ。立派なことだ」

ジャンは手を伸ばす。

「だから、帰るぞ。こんなところに閉じこもるのが趣味ってわけじゃないだろ。ほら、ルーニャも待ってる。お土産、まだプレゼントしていないんだろう？」

「あれは、メルセデッサに預けた」

「なに言ってんだよ、自分の手で直接渡してやりたいくせに」

セラはうつむいたまま、こちらを見ようとはしなかった。

ジャンは鉄格子に手をかける。

この程度ならば、一振りで斬り裂くことができるだろう。

だが、彼女がそれを望んでいないのならば、意味はない。

今振るうのは刃ではなく、言葉の剣だ。

「……セラ。魔族はお前を絶望させて、狂神の呪いを世界中に拡散させたいんだ。お前がそうすることは、決して人間のためにならない。だから、出るぞ」

「大丈夫」

セラのつぶやき声は小さかったけれど、鋼のようだった。

「わたしは決して絶望しない」

その迫力に、ジャンは息を呑《の》む。

己の魂と盟約を交わすような響きに、思わず問う。

「どうして、そんな」

「だって、ジャンがいるから」

「……え?」

顔をあげた少女は、年相応のあどけなさで。

まるで好きな人に夢を語るように、微笑《ほほえ》んだ。

「この世界のどこかであなたが生きているなら、わたしはもう救われているから。これからなにがあっても、絶望なんてしないよ」

彼女は変わらない。

ずっと、変わらなかった。

「きょうのデート、本当に楽しかった。この思い出を胸に、わたしはこれからも生きていくから。だから――どうなっても、わたしはもう、大丈夫なんだよ」

それが彼女の答えなのか。

ジャンはその場に立ちすくむ。

その絶大な力を救世のために尽くすことを強いられた勇者にとって、心だけが自由だから。

少女は残った心を、初恋の男に捧《ささ》げようというのだ。

せめて戦う意義だけは誰にも委ねまいと。

この牢獄は、まるで彼女が胸に閉じ込めた恋心のようだった。

「……嫌だ」

「え？」

今度はセラが問い返す番だった。

「俺はセラがそんな結論を出すのは、嫌だ。認めたくない」

ジャンは腕を組み、鉄格子の前にどんと座り込む。

彼女ひとりが犠牲になるなど、納得できるはずがない。

「お前が気にしているすべてのことを言ってくれ。俺は勇者じゃないから、お前がどうしてそこまで頑《かたく》なに決めるのかがわからないんだ。だから、教えてくれ」

開き直ったようなジャンの言葉に、セラは戸惑う。

「わたしは……きっと、たくさんの魔族がやってくるだろうから、みんなを巻き込まないようにって」

「牢獄にいればそれが叶《かな》うのか？」

「少なくとも、町中で騒ぎを起こすことはないよ。誰にも見られなければ、これ以上怖がらせることもないもの。……素敵な服だって、もう汚したくない」

「そうか」

膝を叩《たた》く。単純な話だ。

「だったら、俺もきょうからここに住むよ」

セラは目を丸くした。

「そんなの、ダメだよ。それじゃあジャンがつらい思いをしちゃう」

「お前を独りにするほうがよっぽどつらい」

「あなたに構ってもらうためにこんなことをしてるんじゃないの。今も魔族は恐ろしい敵だけど、目をつけられなければむやみに襲われることもないんだから。ねえ、ジャン、わかってよ」

「獄中結婚だって、悪くない」

「そんなの全然ロマンチックじゃないよ」

食い下がるジャンに、セラはいよいよ怒気をにじませた。

「ジャン。次はあなたを守れるかどうか、わからない。わたしはもう二度と同じことを繰り返したくない。わかってよ」

「なんだ」

次の言葉を告げるのは、いくらジャンでも勇気が必要だった。

「つまり、俺が弱いからか」

セラがそれを認めるのも、幾ばくかの時間がかかった。

「――そうだよ」

「そうか」

ジャンは不思議なほど素直に、その言葉を呑み込むことができた。

そして、傷ついた顔をするのは、セラの方だった。

「みんな、わたしのそばからいなくなっていった。さよならを言えた人なんて、本当に少しだけ。もう嫌なの。それもこれもすべて、みんながわたしよりも弱いから。だったら最初からひとりのほうがいい。ひとりで戦ったほうが、悲しくないよ」

ずっと誰にも言えなかった心情を吐露するセラは、まるで泣いているようだった。

セラだって、最初からそう思っていたわけじゃない。

長い旅の最中、数多くの仲間を失ったからこそ、行き着いてしまったのだ。

セラがいるのは、悲しみの果てだ。

「だから、わたしはみんなを守るよ。ワガママを言ってるのはわかってる。ジャンと結婚を約束したのに、裏切りたくないって思ってる。でも、わたしは誰にも死んでほしくないの」

これは自分のワガママだとセラは言った。

貴族階級に命じられたことも、指図されたことも関係ない。自らが我を通しているだけなのだと。

「ジャンの前では、いつも物分りのいいわたしでいたかったけれど、でも、ダメなの。わたしが幸せになるよりも、あなたを不幸にしたくない」

だが、ジャンはその一言一言に愛を感じた。

セラの振り絞るワガママは、優しさで溢《あふ》れている。

「こんなわたしのことを、嫌いになってもいいから。見放して、見捨ててくれてもいいから。バカな女だと、笑ってもいいから、せめてあなたは幸せになってほしいの。あなたが幸せなら、きっとわたしも幸せだから」

鉄格子越しに、ジャンは手を伸ばした。

「好きだよ、セラ」

セラはやってきて、その指を臆病に摑《つか》む。

少女の冷たい指に触れる。触れ合った心の奥に、金剛石のような決意を感じる。

どんな剣でも砕けはしない、勇者セラフィルナの強い誓いだ。

「……わたしも、あなたのことが、好き。だから、一緒にはいられない。あなたはあなたの人生を生きて、ジャン。もしほんの少しだけでも、世界を救ったわたしを褒めてくれるなら、わたしのことを覚えていて。セラフィルナという娘が、あなたを想っていたことを」

「ああ」

答えなど、初めから決まっていたのだ。

「セラのことを忘れない。いつまでも、絶対に」

それはメルセデッサが自分の家を訪ねてきたあの瞬間から。

もう二度と逃げない。この命はセラのために捧げるのだと。


分厚い雲の隙間から、やはり月は見えない。

雨の匂いを感じる。

監獄を出たジャンは、町外れからの帰路をたどる。

最初から、ふたりは同じものを見てはいなかったのだと知った。

セラの見ているものは途方もなく大きすぎて、彼女の幸せだけを願う自分の矮小《わいしょう》さを突きつけられたようだ。

勇者と少女の両面をもつセラフィルナは、ただひとりの少女などにはなれないのだ。

どこまでいっても、彼女は永遠に勇者を捨てることはできない。

そんなこともわからず、自分は軽率に結婚を申し込んだ。セラがどんな思いでそれを受けてくれたのかも知らずに。

「まったく……俺は本当に、馬鹿なやつだ」

自分とセラの生きる道は、どこで分かたれてしまったのだろう。

わかっている。自分が腕を失い、セラのそばから離れることを選んだあの日だ。

考えずにはいられない。自分がもしセラとともに旅を続け、その果てに狂神を倒すことができていたら。

彼女はジャンを隣に並び立つことのできる戦友だと認め、頼りにし、決してこのような結末にはならなかっただろう。

だから、これはすべて、ジャンの罪だ。

少女を見捨てた罰が、今自らを苛《さいな》んでいるだけのこと。

今さら、目を逸《そ》らしたりはしない。

この地獄のように熱く醜くただれた傷跡を認め、俺は前に進むと決めた。

「今夜は通り雨が来るらしい」

いつの間にか、そこには男が立っていた。気が早いその男は傘を差し、優しく微笑んでいる。

「……フラれた男を笑いに来たのか？　むっくん」

「まさか、そんな趣味はないよ。ただ、痛みを分かち合うことはできるかもしれないと思ってね。ご迷惑なら先に帰るけれど」

小さく首を振る。ムルドは安心したように笑みをこぼした。

遅かれ早かれこうなっていたのかもしれない。だが、すべての発端は彼が外出許可証を取ってきたことだ。

「……教えてくれ。むっくんはこうなることがわかっていたのか。魔族が襲い掛かってきて、それを退治したセラが牢獄に入るってことを」

「僕はそんなに万能じゃないよ。この町の結界になにかが入り込むのは感じたけれど、その時点では、それがまさか高位魔族だなんて思わなかった。誓って本当さ。僕はただ君たちが幸せであればいいと願っていた」

そうか。

ジャンは小さく、うなずいた。

「信じるよ、むっくん」

「ただ、青年には悲しい思いをさせてしまったね。お詫《わ》びというわけじゃないんだけれど、ひとつ話をさせてもらいたい。僕の娘のことだ」

「珍しいな。むっくんが自分語りをするだなんて」

「ときにはそういう気分になる日もある。こんな風に、空が重苦しい日なんかはね」

並んで歩きながら、ムルドは長い話を始める。

「僕の娘は、ラチェレと言う。親が言うのもなんだが、賢い子でね。立ち上がるよりも早く書をたしなんでいた赤子だったよ。魔法の才能にも恵まれて、もしかしたら僕を超える魔法使いになったかもしれない。だが、それよりもなによりも彼女は僕の教師だった。僕は彼女を育てながら、いろいろなことを学ばせてもらった。人の愛し方なんかもね」

ムルドは娘を愛しているのだろう。言葉の節々からそれが伝わってきた。

「娘は、まっすぐに育っていった。僕の娘とは思えないほどに、人に親切で、正義感が強くて、誰かの役に立とうと努力を重ねていった。だから、きっと必然だったのだろう。娘はね、僕の反対を押し切って、勇者セラフィルナの旅を追ったんだ」

「それは」

ジャンはムルドを仰ぎ見た。彼の瞳に浮かぶのは懐かしさだけだ。

恨みも怒りもない。

「旅に加わったのは青年が離脱した後だったのだろう。ときどき手紙が送られてきたけれど、ある日それはぷっつりと途絶えた。もちろん、どうなったかはわかっている。彼女は彼女の思うように生き、そうして死んだんだ」

死という言葉の重みに、思わずジャンは顔をしかめた。

「僕はその死体を見ることもなく、こうして祖国を守り続け、今ものうのうと生き延びている」

だが、ムルドが生きていたから、セラが受けた呪いにいち早い対応ができたのだ。

そう言ったところで、励ましにはならないだろうが。

自分ならどう思うだろうか。ジャンは考え、彼に問う。

「後悔しているのか、彼女を止められなかったことを」

「まさか。娘がどう生きるかを僕が決めることなんてできないよ。彼女は彼女の心に従ったんだ。ただ、ひとつ心残りがあるとすれば、確かめられなかったことだけだ」

「確かめる？　なにを」

「もし娘の代わりに僕があの少女の力になっていたら、違う結末をたどっていたのだろうか、とね。ああ、この話は青年にだからしたんだよ。少女もラチェレが僕の娘だってことは知らないんだ。だから、告げ口はしないでおくれ」

どっちみち、死んだ人の話を蒸し返すことなどしたくない。

「果たして、幸せなのはどっちだったんだろうね」

ムルドはいなくなってしまった人に問うように空を仰ぐ。

「自分の心に従い死んだ娘か、あるいは臆病で今なお生き続けている僕か」

城へと帰るか、町に行くかの三叉路《さんさろ》で、ジャンは足を止める。

「……むっくん、俺は」

「ああ」

ムルドは眩《まぶ》しいものを見るように、目を細める。

「君は、最初からわかっていたんだね。だから僕は、君に惹《ひ》かれたんだ」

「町に入り込んだ魔族は、十六体で終わりではない。そうだろ？」

優しい賢者は答えなかった。それが答えだ。

「わかった。いくら俺でも注意して見れば、人間に擬態している魔族はわかる。残りは足で探すとしよう」

ムルドは傘を畳み、歩き出すジャンを制止する。

「この町を守ってきたのは僕だ。残る魔族は四体。だが、いずれも高位魔族だ。彼らは基本的には生者に興味がない。狂神に捧げる生贄《いけにえ》も、今は必要がなくなったからね。放っておけば、邪神の匂いを漂わす少女のもとに向かうだろう」

「だったらなおさら、早くしないとな」

ジャンは腰に帯びた剣の重さを確かめる。

かつて腕を斬り落とされた相手は、中級魔族だった。

その上位者が四体か。

我ながら無茶だと思わずにはいられない。

「戦うのかい？」

「ああ」

「……それは、君の命よりも大切なことかい？」

ためらう必要はない。

「無論」

なんのために、この町に来たのか。

魔神器を装着し、村を出たのか。

「俺はまだ、なにも果たしちゃいないからな」

セラと再会し、彼女を連れ出したことなんて、ただの道程に過ぎない。

ジャンは、セラを幸せにするためにやってきた。

魔神器の制御も、彼女の心を取り戻したのも、結婚の約束すらも、その一端に過ぎない。

与えたいのは、本物の幸せなのだ。

決して揺らがず、傷つくことがない。不安も憂慮もなく、五十年先でも信じていられるような、幸せという原石の中にある一握りの結晶。実在などせず、楽園を夢見た人間が思い描いただけの神秘であったとしても――。

――ジャンは、その本物だけを追い求めていた。

「相手は途方もなく強いよ」

「知っている」

「少女に任せれば、かすり傷すら負うことなく、一蹴するだろう」

「だからこそだ」

「それほど価値があるのかい？　あの少女に。命を賭しても少女が君を認めるという保証はないよ。むしろ生き残ったところで、少女はきっと君の無謀な選択を責めるだろう。なんでこんなことをしたんだ、ってね」

まるで試すようなムルドに振り向く。

笑って言ってやった。

「知ってる。だからこれは、俺のワガママだ」

セラが我を通すなら、自分だってそうしてやろうじゃないか。

少女ではなく、『偉大なる勇者セラフィルナ』の横に並び立つために。

「勇者の夫となるほどの男が、いつまでも尻に敷かれるわけにはいかないからな」

ただ小さなため息が、ムルドからこぼれた。

「生きて帰ってきておくれ。でないとまた、君の少女に秘密が増えてしまう」

「大丈夫さ。ちゃんときょう、ケンカしてきたから。ジャンはそのまま旅に出たと思ってもらえるだろう」

「……やれやれ。賢者とは賢きものという意味なんだけど、僕は自分が一番愚かな選択を取り続けているような気がするよ」

「すまないな、むっくん」

「いいさ」

ムルドは肩をすくめ、笑った。

「僕と君の仲だろう」

月光も届かぬ闇の中、降り出した雨に打たれ、ひとりの男が征く。
心の弱さが、そして力の弱さが自らの罪ならば。
今こそ償うために、ただそのために。

第六話『剣神、宵闇に駆る』

魔族。

その歴史は古く、人間が文明を興した頃にはもう大陸の全土に広がっていた。かつては人と共存していた思慮深き種族であったとされているが、その面影を知るものはもはやいない。

人気《ひとけ》のない夜。町は死んだように静まり返っている。

ジャンが立つのは、花売りの少女に扮《ふん》した魔族がいた、あの広場だ。

雨に打たれながら、待ち人を待ち続ける。

それはまるで片思いのようだ。いや、違いない。自分は恋い焦がれていた。栄誉を取り戻すことのできるこの機会を。農村で暮らしながら、ずっとずっとこの時を待っていたのだ。

どれくらい経《た》っただろうか。こんな雨の真夜中に、近づいてくる影があった。

誰も雨具を身に着けてはいない。ジャンと同じように髪から雨を滴らせた、四人の男女だ。

髪の色も目の色も、まるで違う老若男女。だが彼らがまとう雰囲気は、並べた刃物のように等しかった。

ジャンは両手を広げ、彼らを迎える。

「ちょうど四人。逃げずに来てくれて嬉《うれ》しいぜ」

魔族の目には光がなく、それは未来を映し出していない。過去にのみ生きている者たちだ。

四人はジャンを十字に囲む。それぞれ、大きな麻袋を担いでいる。おそらく、武器を用意してきたのだろう。

ねっとりと見つめられるその視線に、背中から気味の悪い感情が這《は》い上がってきた。

「神の臭いがする」

「何者だ」

「女はどこにいる」

「やつを出せ」

もはや種としての意義を失った者共。神亡き今、滅びを免れぬ憐れな種族が、ジャンを問いただす。

みなぎるのは彼らの敵意だ。久しく感じていなかった緊迫感に、自然と動悸《どうき》が激しくなった。

ここで戦いが始まれば、四対一だ。ひとりひとり自体が格上なのに、無茶もいいところである。まったく、今さら怖気《おじけ》づくぐらいなら、最初からここに来るなという話だ。恐怖など呑み込め。見苦しいぞ。

ただ愚直さ故に、胸を張れ。

セラの横に並び立てるのは、己のみと信じよ。

「……いいだろう、答えてやろうじゃねえか」

剣の鍔《つば》を親指で押し上げる。魔族たちはこちらの動きを気にもしない。人間相手に警戒する必要などないと確信している。

「俺の名はジャン。勇者セラフィルナの従者にして忠臣。彼女を守護する剣だ。もし、狂神にたどり着きたいのならば」

決定的な一言を告げる。

「——俺を倒してみせるんだな」

それは紛れもない宣戦布告であった。

魔族の逆鱗《かみ》に触れたジャンに神罰を執行するため、魔族はそれぞれの皮を脱ぎ捨てる——。

人間の皮を破り捨てた魔族は、瞬時に戦闘形態へと移行する。

黒い肌をもち、背中に翼、トカゲのような尻尾と、角じみた二本の触角を生やす異形。

こちらではあまり見ることはない、魔族本来の姿だ。

王国でそのような姿を明らかにすれば、もはや潜むことはできない。なりふり構わないということでもあり、勇者を匿《かくま》うジャンはそれだけの敵意をかき立てたということだ。

だが、驕《おご》り高ぶった奴《やつ》らは、現状が見えていない。

よりにもよって、剣神《ジャン》の目の前でそのような隙を晒《さら》すとは。

「――界剣術《かいけんじゅつ》、抜刀式《ばっとうしき》」

魔族を斬るのはふたつの理由で容易ではない。ひとつは彼らの硬度。複雑に絡み合う肉組織は下手《へた》な鋼よりも硬い。

さらにふたつ目の理由こそが、剣士にとって問題だった。長く生きた魔族は半魔法生命体と呼ぶべき存在に昇華され、肉体が滅ぼされたところで、時間が経てば復活するのだ。

そのために、人間はあらゆる手段を模索した。

理術、魔法、対魂兵器。あるいは、古《いにしえ》の魔具によって魔族の存在を消滅させようとするものもいた。

その中で、とある剣士が開いた流派がある。

界剣術。異界に在る魔族の本体を断ち切るための剣。その正体は付与理術《エンチャント》と剣技の融合術だ。

界剣術を修めた剣士は詠唱ではなく、特殊な呼気と精神集中、足運びと構えによる儀式で剣を強化する。

右手――『ヴルムの真腕《しんわん》』に力を込め、ジャンは剣を抜き放った。

繰り返した反復練習、義手を我が物とするために重ねた研鑽《けんさん》が、その威力を創造した。

放たれた剣閃《けんせん》は左に立っていた魔族の首を一撃で刎《は》ねる――。

一介の人間が高位魔族を一太刀で葬り去ったことで、魔族たちは驚き叫ぶ。

「この男」

「ただの人間ではない」

「神への行く手を阻むか」

四散する魔族たち。さて、ここからだ。

攻撃力の高い抜刀式から、バランスの良い正眼式《せいがんしき》へとエンチャントを張り直し、ジャンは構え直す。

「界剣術、正眼式――。いいぜ、かかってきな。魔族ども、俺のリハビリに付き合ってもらうぜ」

魔族が飛びかかってくる。

それぞれはすでに武器を構えていた。片角の大男が大斧《おおおの》。細身の女性型が槍《やり》。そして恐らくはリーダー格の男が剣だ。

真っ先に、片角が刃の潰れた大斧で攻撃を仕掛けてくる。

凄《すさ》まじい重圧だ。いくら正眼式とはいえ、剣で受け止めれば砕けてしまうだろう。バックステップを踏んで避ける。

「っ」

大斧は前髪をかすめ、地面に叩《たた》きつけられた。広場に亀裂が走る。石畳が割れ、破片が飛び散った。

魔族は食らった獲物によって成長し、長く生きれば生きるほどその力を増してゆく。魔族にとって力とは、魔力によって増強された身体能力だ。

高位魔族ともなれば、人間を上回る速度で動き、そして人間の十倍以上の腕力を誇る。

この絶対的な差こそが、魔族の恐ろしさだった。

「忘れてたわけじゃねえけどな。相変わらず無茶苦茶しやがるぜ」

正面の魔族の胸元を蹴り、その反動で一気に飛び退《の》く。ついでに、先ほど摑《つか》んでいた破片を左手で握り潰し、魔族の顔面に砂を撒《ま》いた。わずかに魔族の勢いが鈍る。

「貴様――」

「悪いな。これが道場ならやらないんだけどな」

着地し、瞬時に重心移動。

渾身《こんしん》の踏み込みとともに左手を柄に添え、両手で剣を振るう。

連撃。四度その身を斬り裂かれてなお、魔族は絶命に至らなかった。

「やはり正眼式ではこれが限界か」

「我らが神の為《ため》に――！」

片角は全身から血を噴き出させながら、斧を振りかぶる。凄まじい気迫を叩きつけられて、並の人間なら動けなくなっていただろう。

ジャンはその脇を斬り抜けて位置を入れ替える。今までジャンが立っていた場所に、槍が突き出されていた。あのまま一箇所にとどまっていれば、今頃は串刺しだったろう。

斧を持つ魔族と、槍を持つ魔族、さらにどこかからもうひとりがジャンを狙っている。

「やれやれ、長い夜になりそうだ！」

息つく間もない。斧と槍の魔族がそれぞれジャンを左右から挟み込むように狙ってくる。

振り下ろされる斧を避けた。絶え間なくこちらを狙う槍を、剣で弾く。挟まれたこの状況はあまりにもマズい。いつ詰みになるか――。

「――」

次の瞬間、足場が消失した。

先ほど振るわれた斧の一撃で、広場が完全に崩壊したのだ。落ちてゆく。落下を待てば共に飲み込まれるだろう。ジャンは瓦礫《がれき》を踏み越え、空中を渡った。転身し、路地へと逃げ込む。

「なんて力だよ——っと！」

予感を覚えて反射的に横に跳ぶと、その残像を槍が貫いた。あの一瞬でジャンに追いついてきたというのか。

「どう考えても槍使いが先だな！」

静まり返った路地裏の攻防。瞬間の一対一。

ここで終わらせなければ、次の機会はない——。

壁を蹴り、ジャンは槍を持つ魔族の背後を取った。

本来ならば必殺の間合い。だが、繰り出された石突きに脇を打たれる。

顔が歪《ゆが》む。一撃であばらが砕け散ったことを自覚しながらも、ジャンは怯《ひる》まず。

剣を大上段に構えた。

「界剣術、剛断式《ごうだんしき》——。お前も送ってやるよ、先に逝った神の下にな！」

槍を引く魔族に合わせ、振り下ろす。魔族の驚愕《きょうがく》。会心の手応えと共に、ジャンの剣はその右腕を叩き切った。

だが——魔族はまだ生きている。

剣を振り切った体勢のジャンに向けて、その口を開いた。

肩に噛《か》みついてくる。気絶しそうなほどの激痛と、飛び散る血。

乱杭歯《らんぐいば》はがっちりと肉に食い込み、身動き程度では外れない。

「餌じゃねえんだから、勘弁してくれ。無事だった肩まで持っていかれたら、また村に逃げ帰る口実ができちまうだろうが！」

肘で打ち、足を払ってそのまま地面に引きずり倒す。

「あああああああ！」

焼けるような痛みを雄叫《おたけ》びで打ち消しながら、肩と地面で魔族の頭を挟み込む。

ぐしゃりと潰れる嫌な手応え。眼前で血の華が飛び散った。これで二人目。

目をつむるような暇はない。なぜならそこには――。

――背後から、振り下ろされる大斧が。

再び地面が砕け散る。凄まじい音と衝撃が走り、辺りには粉塵《ふんじん》が立ち込めた。


爆心地からわずかに離れた箇所に、ジャンは肩を押さえながら立っている。

間一髪のところだった。腕の力だけで跳躍し、離脱できなければ、体は原形を留《とど》めずに破壊されていただろう。あの槍使いの肉体のように。

「仲間ごと俺をやるってか……。ずいぶんな覚悟じゃねえか。ま、そうだよな。じゃなきゃ人間の町までわざわざやってきたりしねえだろ」

斧を構えた片角の魔族は、血走った目でジャンを睨《にら》みつけている。

「すべては、神のために」

そうだ、こいつらにとって狂神の解放はあらゆることにおいて優先される。

仲間の命も、自らの命でさえも。

ある意味ではセラのために戦うジャンと同様に。――いや。それは違う。

ジャンは自らの光を見据え、いかに生きるかを自問しながら戦っている。

奴らは、いかに死ぬかと、そのために戦っている。

同じではない。断じて。

「その姿が、狂える神に取り憑《つ》かれたお前たち、魔族の末路なんだな」

「神を想《おも》うそれだけで、我らの心は満たされる。満ち足りる。だからこそ、この現在《いま》を、打開しなければならぬ。人間よ、神斬りを為《な》したその罪、命程度では贖《あがな》えぬぞ」

ジャンは砕かれたあばらと噛みつかれた肩の痛みに顔をしかめながら、口元を拭う。

「馬鹿言うんじゃねえよ。放っておいたら世界が丸ごと滅ぶところだったじゃねえか」

「滅ぶのではない。神とひとつになるのだ」

馬鹿馬鹿しい。

「どんな言葉で言い表されようが、俺は俺の人生を他人に委ねるつもりはな、もうねえんだよ」

路地裏は痛いほどに静まり返っている。雨足の弱まった水滴が、地面を叩く音があたりに響くほどに。

空高くでは強い風が吹き、雨雲は押し流されてゆく。直に雨も止《や》むだろう。

これほど騒ぎを起こしておきながら誰ひとり駆けつけてこないのは、きっとムルドが手を回してくれているのだ。ここにいない男の心遣いを感じる。

「どっちみち、もう終わったことなんだよ。俺たちとお前たちの戦いは。セラが狂神を斬った時点でな。これ以上戦ったところで、泥沼の様相を呈するだけだ。お前たちの願いは叶《かな》わない。だから――」

「――神は死なない！　今も我らを見守り、そして声を響かせてくれる！　復讐《ふくしゅう》せよ、あの女を殺すのだと！　これが神の声でなく、なんだというのだ！」

泡を吹きながら叫ぶ魔族を見て、ジャンは目を細めた。

狂神がなぜ狂神と呼ばれているのか。その所以《ゆえん》が、目の前に立つ男の末路だ。

あまりにも強烈で、根の深い精神汚染。神を打ち倒さねば、いつかは人もこの魔族のように皆、我を忘れた狂信者に変わっていただろう。

セラフィルナが世界を救ってもなお、魔族に埋め込まれた病魔は消え去りはしなかった。

もはや対話の望みはない。

「憐れだよ。お前たちもまた、呪いに取り憑かれているんだ。俺が今、解き放ってやるさ」

ジャンは剣を鞘《さや》に納めた。界剣術、抜刀式。斧の一撃をかいくぐり、そして首を刎ねるための構え。

「おのれ忌々しい背徳者が――！　あの女の前に、まず貴様を肉塊にしてやろう！」

遠心力をつけて、斧を振り回してくる魔族。

タイミングはほんの一瞬。間違えればこの体が弾《はじ》け飛ぶ。

手傷を負った今の状態で見切れるか？　愚問だ。できなければ死ぬだけなのだから。

神経を高め、視界を狭めた。音も痛みも過ぎ去る。落ちる雨粒の一滴一滴がまるで静止したかのように宙に浮かび、そして――。

――斧が叩きつけられる刹那、ジャンは踏み込んだ。

高速回転する斧の内側へと一呼吸で到達し、全身の肉体を爆発させるような勢いで剣を抜き放つ。

剣閃は、魔族の首を断ち切った。

魔族の手からすっぽ抜けた斧が放物線を描く。背後で空き家が粉々に破壊された。その崩壊を背に、ずるりと死体がゆっくりと地面に倒れてゆく。どぷどぷと流れる血が道を真っ赤に染めた。

ぶちゅっと、ジャンのあばらと肩から、血が噴き出る。立ちくらみ。思わず膝をつき、しかし戦いはまだ終わっていないことを思い出し、頭を振る。

残り、あとひとりだ。

呼吸を整え、ジャンはその場から立ち去った。

やがて、雨は上がる。

曇り空の隙間から、月が顔を見せた。


大通り、月を正面に見据え、その男は立っていた。

鎧《よろい》を身にまとう剣を持った魔族だ。なぜ彼がこのような目立つ場所を選んだのか、ジャンにはわからない。彼はただ悠然と、腕を組んでいた。

「勇者に打ち倒されるのならばともかく、よもやただの人間相手にあの三人が負けるとはな」

月光を浴びて伸びる影の、その大きさたるや。

人間と魔族を見分けるためのもっとも簡単な方法のひとつとして、影を見るというのがある。魔族の影は巨大で、大きく伸びる。年月を重ねれば重ねるほどそれは巨大化し、高位魔族にもなれば竜種に等しきほどに。

目の前の男が、そうだった。

ジャンは雨に濡《ぬ》れた髪をかきあげる。控えめに言って、満身創痍《そうい》であった。

「あとはお前ひとりだよ。ここで逃げ帰ったとしても、俺はお前を嘲笑《あざわら》いはしないさ」

魔族は剣を地面に突き刺し、その柄に両手を置く。

「そうすることができれば、どれほど楽なものか。貴殿にはわかるか？　脳が己ではない何者かに犯されている気分が」

「同情はするさ。領域を守ってくれれば、俺たちだって根こそぎ叩き潰すような真似《まね》はしない」

「ああ、そうなのだろうな。だが、もう無理だ。我らは止まれないのだ」

肉が弾け飛ぶ。魔族の顔面が、肩が、足が、内側のなにかに押されて、ミチミチと音を立てた。

「神がいなければ、我らは生きてゆけぬ。種の運命はすでに決した。取り戻すことができないとしても、諦めるのはただ滅びを待つだけに他ならぬのだ」

魔族の変身を見たジャンは顔をしかめる。

まさしく異形。魔族は剣を手に、こちらに向けてひし形に割れた口を開く。

「神に、神に報いるために、そのために、ためめめめめめめに、障害を排除するるるるるる」

もはやそこに知性は欠片《かけら》もない。見るも無残な姿に変わり果てた魔族がまとう瘴気《しょうき》は凄まじく、ジャンは体の震えを隠すのがやっとだった。

「全盛期ですら、こんなやつを相手にしたことはなかったな。まったく、復帰戦にしてはヘヴィすぎるマッチメイクじゃねえか。なあ」

いかに死ぬか。今やそれが魔族の行動原理なのだ。

けれど、お前はせめて華々しく散ろうと思って、この大通りを選んだんだな。

決して暗殺などではなく、真っ向から強者《つわもの》と戦うことを望んで。それがお前の誇りか。

もはや名を問うことすら叶わぬ武人を前に、ジャンは唇を噛む。

「馬鹿なことをしていると思うかな、セラ。お前ならこいつですら一太刀で斬り伏せるんだろうな。長く苦しませることなく、一瞬で」

魔族の苦しみは、どこにゆくのか。消えたりはしない。ただ、セラが胸の内に抱くのだ。

そうやってお前は、この世のすべての苦しみを背負うのだろう。

セラにはそれを行なうだけの覚悟があり、強さがある。

だから――絶対にそんなことはさせない。

再び、並び立つと決めた。

逃げ出した、あの輝いていた日々のように。

顔をあげ、ジャンは毅然《きぜん》と言い放つ。

「そんな姿になってまで、力を求めるか。見苦しいな。あえて言ってやるよ。来い、バケモノ。俺たち人間は、負けねえよ」

魔族が吠《ほ》えた。それは慟哭《どうこく》のようにすら聞こえた。


剣を抜いて襲いかかってくる魔族。恐ろしいほどに速く、太刀筋は鋭い。

「界剣術、流水式《りゅうすいしき》――」

防御の型に切り替え、斬撃の衝撃を大地にいなす。ジャンの後ろの石畳が砕け散った。

初撃で確信する。今までの魔族のように力任せの攻撃ではない。この男は、正統な剣技を修めている――。

魔族が人間相手に剣技を覚える必要などない。なにせ武器を振り回せば、人間などたやすく壊れるのだ。それでも剣技を身につけているということは、この男はそうせざるをえない理由があったということだ。

あるいはそれは、勇者を打倒するために積んだ研鑽だったのかもしれない。

だとすれば――。

「なおさら、セラの下には行かせられないな！」

激しい剣撃だ。だが相手が型通りに斬りかかってくれるのなら、次の一撃は読める。

読めてなお、防御するたびに剣を握る『ヴルムの真腕』が痺《しび》れた。

技術では勝っているはずだ。なのに相手の身体能力が高すぎて、完全に受け流すことができない。経験と先読みで補いながらも、ジャンの体力の消耗は激しかった。

このまま何合も打ち合えば、先にこちらの呼吸が潰れる。精密な動作に乱れが生じた次の瞬間、ジャンの体は真っ二つにされるだろう。

怒濤《どとう》の攻撃に、攻めに転ずる機会を見出《みいだ》すこともできず。

大通りに響き渡る剣戟《けんげき》はいくつも重なり、まるで戦のようだ。

「くっ——ずいぶんと、はしゃぎやがって、この野郎が！」

防御一辺倒に追い込まれ、思うように動かない右腕に苛立《いらだ》ちを覚えた。

ほんの少しの、それこそ瞬き程度にも満たないほどの行動の遅れ。

これは『ヴルムの真腕』を繋《つな》ぎ直したこともそうだが、なによりも同格以上の相手と命のやり取りを長い間行なってこなかったことに起因する。

錆《さ》びついていた鋭気は今、驚くべき速さで研ぎ澄まされてゆく。

しかし、ジャンが完全に復活するよりも早く、魔族の剣はジャンを追い詰めた。

「死ね死ね死ね死ね死ね死ね死ね死ね死ねぇ！」

やがて魔族の剣は、正道を逸脱してゆく。

筋肉の収縮のタイミングも構わず、反動すらも押さえつけ、無理な体勢で剣を振るう魔族の腕から血が噴き出した。皮の中で組織が破裂したのだ。

にもかかわらず、魔族は一切を気にすることなく、ジャンを攻め立てた。

「肉を斬らせて骨を断つどころの話じゃねえな。てめえで肉も骨もぶっ壊す気かよ！」

剣を打ち払い、わずかな隙を作って飛び退くジャンだが、そこに追撃が刺さった。

前蹴りはジャンの腹を打つ。

口から血を吐きながら、ジャンは後方にふっ飛ばされた。

あまりの衝撃に受け身を取ることすらできず、体は地面に叩きつけられる。

致命の一打である。即死を免れたのは、自ら後ろに跳んで威力を殺したからに他ならない。それほど強烈な蹴りだった。

「かはっ――くっ」

手放しかけた意識を必死で繋ぎ、横に転がる。

そこには魔族が飛びかかってきていた。立ち上がりかけたところ、さらに横薙《な》ぎの一撃。

この不安定な体勢では、受け流しきれない。

ジャンは剣を立てて受け止めた。否、受け止めきることはできなかった。

「な――！」

立てた剣ごと、体をふっ飛ばされる。

剣を折らせなかったのは我ながらよくやったと褒めてやりたい気分だったが、できたのはそれだけだ。今度は真横にふっ飛ばされ、民家の壁にぶち当たる。

後ろに横にと、嵐の中の枯れ葉になった気分だ。

「キツいぜ、マジなやつの相手はよ……。セラは本当にこんなやつと戦っていたってのか……。あいつ、強くなったんだな」

腹を蹴られ、背を打ち、今度は壁に当たって全身も強打した。

先ほどの戦いの負傷も相まって、もはや体はボロボロである。

その上、相手はまったくの無傷ときた。

魔族は少し離れた場所で、悠々とこちらを見据えている。どう殺してやるか、その算段でも立てているのだろうか。ちょうどいい頃合いだろうしな。

ジャンの脳裏を、不安がかすめた。

――こいつには、勝てないんじゃないだろうか。

数多《あまた》の攻め手を同時に思い浮かべる。脳裏でそのすべてが破られる。

――なぜあの頃勝てなかった相手に、今なら勝てるなんて思い上がってしまったんだ?

最も勝算の高い賭けは、一撃必殺の斬撃、抜刀式に命を託すことだ。

外したら次の手はない。

自分にできるのか？　今の自分に。

長年のブランクがある、この自分に。

痺れに手が震える。ダメだ。このままでは抜刀式を放つことすら、不可能だ。

もとより、意味のない戦いだ。かっこつけて、偉そうにひとりでやってきて、負けそうになれば命が惜しくなる。なんて無様なんだろうか。俺は――。

助けを求めれば、セラは来てくれるかもしれない。

彼女の尊敬を失うのは怖い。

せっかく愛してくれたのに。

ここで助けを呼べば、彼女はもう二度と自分をあんな目では見てくれなくなる。

それは命を失うことと同じぐらい怖い。

怖い。

なにもかもうまくいくだなんて、そんな都合のいい夢を見た、俺が悪いのか？　セラが言っていたじゃないか。俺は弱いって。無駄死にだ。弱いくせに、粋がって、できると勘違いして。

――違う。

できたんだ。こうあるべきだと思い描いた俺なら、できるんだ。やつに勝てるんだ。セラの隣にいる俺は、その俺であるべきなんだ――。

「――俺は」

震える拳で剣を握る。

『ヴルムの真腕』を見下ろし、折れるほどに歯を嚙み締めた。

セラの下へと向かうと決めた村の夜。あのとき全身に満ちたはずの勇気ですら、まだ足りない。俺は俺が信じられない。だったら、どうすればいいかは知っている。この新たな右腕が、知っているはずだ。

聞け、ジャン＝ブレイディア。

今から俺は、お前《よわさ》を殺す。

恨むなよ。てめえが始めたことだ。最期まで、責任を取れ。最期までだ。

弱い自分が悪魔のように囁《ささや》く。

なあ、諦めろよ。限界だってわかっているだろ。意地を張ってどうするんだ。諦めて逃げ帰れよ。無敵の勇者様があいつを葬ってくれるって。お前が頑張ったところで、誰もお前を褒めちゃくれないんだぜ——。

「うるさい——黙れ」

ジャンは剣を鞘にしまう。

戦意が砕け散った——わけではない。

右腕を、『ヴルムの真腕』を己の胸に当てた。その義手に、真っ赤な線が走る——。

「——感情《おまえ》は、意志《おれ》に従っていろ」

精神魔法――。

それは今までムルドやセラにかけた精神魔法よりもずっと強力な、かける方もかけられる方もまるで手加減のない、認識すらも塗り替えるほどの激烈な魔法だ。

繊細な絵の描かれたキャンバスに、まるでバケツいっぱいの血をブチ撒けるように。

自らの心を、自ら――犯す。

「ここで必要なのは、戦うための意志だ。いらねえんだよ、弱気は。覚悟がねえなら消え失《う》せろ。俺はこいつをぶちのめすって決めたんだ。そのための策なら聞いてやる。それ以外は――死ね」

ジャンの呼び声に応えるように、銀の腕が形を変えてゆく。まるで先ほどの魔族のように。爪が伸び、赤い線から瘴気が噴き出した。

そのとき、魔族は気づいた。なにかが起こり出している。今までとは違う、なにかが。

奴を止めなければならないと、彼は本能で察知した。

魔族はそこでジャンを、勇者撃滅の前に落ちた排除すべき小石ではなく。

初めて『敵』と認識した。

魔族が絶叫と共に迫る。狂化が進んだ魔族の速度は、先ほどよりもさらに疾《はや》く――。

ジャンは『ヴルムの真腕』の拳を握り固め。

「あああああああああ――――！」

喉が張り裂けるほどの叫び声。その心にもはや一切の怯懦《きょうだ》はない。

ジャンは『ヴルムの真腕』で、真っ向から魔族の剣に殴りかかる。

剣と拳が衝突した瞬間、衝撃波が円形状に広がった。大通りの看板や閉められた露店など、一切のものが吹き飛ばされてゆく。

その中で、ジャンは靴を地面にめり込ませながらも、踏みとどまっていた。拳を打ちつけられた刃に亀裂が入る。亀裂は徐々に広がり、間もなく魔族の持つ剣は砕け散った。

「――」

ジャンはそのまま『ヴルムの真腕』で魔族の顔面を掴む。猛禽《もうきん》類の爪に似た指が顔面に食い込む。渾身の力で引き剝がそうとする魔族。だがその両腕で掴まれてもなお、銀腕は揺るぎない。

「貴殿は――」

瞬間、狂化していたはずの魔族の瞳に理性の光が宿る。

「何者だ。これほどの男が、野に埋もれていたはずはあるまい」

「ジャン＝ブレイディア」

「かの剣神か！　再起不能となり、戦線を退いたはずでは！」

「帰ってきたのさ。本当に大切なものを、取り戻すために」

「それは」

「誇りだよ」

魔族は目を開く。

ジャンは魔族の巨体を片腕一本で持ち上げ、唇を歪めた。

「裏界剣術《うらかいけんじゅつ》、逆手抜刀式『黒焔《くろほむら》』」

逆手で納刀した刀を摑む。右足を地面に強く叩きつける。腰をひねりながら逆袈裟《ぎゃくけさ》に抜き放つ。一連の動作は火の粉を撒き散らしながら猛《たけ》る炎のように美しく、されどそれは本来の流派にはない奇怪な抜刀術であった。

利き腕を斬り落とされたジャンが、激しく深い後悔とともに磨き上げた、逆腕による逆手抜刀式。

「――――」

神の名を叫びながら絶叫する魔族に向けて、奥義を叩き込む。

セラの危機に駆けつけるもしもを夢見て、その瞬間、自らの命と引き換えに彼女の敵を屠《ほふ》るために。ただそれだけのために、究極の威力だけを追い求めた一撃。

「――俺の、後悔とともに、散れ」

そんな未来は訪れなかったけれど、あの日の悔恨は無駄ではなかった。人知れぬ農村で自分を痛めつけるように技を磨き続けた。滝のように流した汗と、同じだけ流した涙は無駄ではなかったのだ。

剣は黒の軌跡を描く。魔族の首は胴と分かたれた。

ジャンは『ヴルムの真腕』に摑んだその頭を天高く掲げ、吠えた。

月の夜、ようやくただ一事を成し遂げたひとりの男が、そこにはいた。

ジャンの勝利であった。


気持ち悪い。吐きそうだ。

ジャンが自らにかけた闘争の暗示を解いた直後、精神魔法の反動が一気に降りかかってきた。世界の上下もわからなくなる有様であった。

魔法を使い慣れていないせいか、あるいはそのおかげか、人間性を失うような事態にはならなかったものの……。

まったく、長生きしたいならこの術はなるべく使うべきではないだろう。ジャンは血の混ざった胃液をその場にぶち撒け、冷え切った体を震わせた。

あまりにもひどい後遺症に苛《さいな》まれ、ついに膝をつく。

その場にうずくまるジャンの腕を拾い上げたのは、意外な人物だった。

「私がわかるか、ジャン」

視界は明滅していたが、その声の主にはしっかりと覚えがある。

「……メルセデッサ？　どうして、ここに」

「意味のない問いだ。私は何度でも繰り返していただろう。キミになにかあったら困ると
な。師父とは違う」

「ああ、そうか……」

王国制式術衣の上からさらに理術陣の刻まれたポイントアーマーを身につけている。完全武装で現れた彼女は、目を吊《つ》り上げていた。きっと無茶をしたジャンを叱るつもりだろう。

その予想は裏切られた。

「……剣神ジャン＝ブレイディア。キミの戦いは見せてもらった。見事なものだった。私程度が助力とは、笑わせる」

「メルセデッサ？」

彼女は肩を貸してくれた。ジャンに治癒理術をかけながら、唇を真一文字に結ぶ。

「この戦いを知るものは、ほとんどいないだろう。町に魔族が入り込んでいたことなど、公表できるはずもない。騎士にもだ。だが私は、キミの戦いを決して忘れない」

「……」

「なにかを守るために、人がどれほどの決意と覚悟をもたねばならぬのか。それを教えてもらった気がする。……ありがとう、ジャン。やはり私には、まだまだなにもかもが足り

ていなかったのだ」

胸の奥がむずがゆい。そんなつもりで戦ったわけではないのだが、悪い気はしなかった。

「なんてこたねえよ……全部、俺の自己満足さ」

「ああ、だが……私も、自らの選択に満足できるような、そんな生き方をしてみたいと思わされた。立派だった、ジャン」

全身の痛みは今なお叫び声をあげ続けている。けれど、その絶叫を無視してジャンは笑みをこぼした。

「お前がそう言ってくれると、俺のこの馬鹿な戦いも、少しは意味があったのかと思っちまうよ。こちらこそありがとうな、メルセデッサ」

「……ああ」

城の方角から、夜が明け始めている。

自分は少しでも胸を張って、セラの横に並び立つことができるだろうか。

今なら、できる気がする。

たった一度の戦いだったけれど、なにかを取り戻せた気がした。

大切な、本当に大切な光が、今はこの胸の中で、確かに輝いているんだ。

「なあ、頼みがあるんだ、メルセデッサ。俺をこのまま――」

死にぞこないのような男が漏らしたその申し出を、彼女は快く引き受けてくれた。

セラフィルナは、牢獄《ろうごく》の中で目を開いた。いつの間にか眠っていたようだ。外からは雨上がりの匂いがする。牢屋に差し込む光は、優しかった。かけられた声も、同じように。

「よう」

呆《あき》れるほどに軽やかに、その男はやってきた。ひどい怪我《けが》を負っていることは、ひと目でわかった。真新しい包帯が目に痛い。

思わず、言葉を失った。

「……どう、したの？」

ジャンは言う。

「魔族を斬った」

セラは彼を見て、一瞬呆《ほう》けたように口を開いた。その意味を咀嚼《そしゃく》したセラは大きく息を呑《の》む。立ち上がり、彼に詰め寄る。

「それじゃあ、ジャン、戦ったってこと……？　そんな、どうしてそんな無茶を！」

高位魔族を相手にするのがどれほど困難なことであるかは、セラ自身が知っている。魔族との戦いに傷つき苦しんできたのは、誰よりもセラだったのだから。

たくさんの仲間が死んできた。その屍《しかばね》を踏み越えて、強くなったのだ。だからこそセラはジャンの選択を許せず、彼に食ってかかる。

だが――その笑顔に阻まれた。

「だから、心配するなよ、セラ。お前ひとりが強くならなくたっていい。俺がお前を、守るから」

告げられたその言葉に。

「あ…………」

思い出がまるで走馬灯のように、脳裏を過《よ》ぎってゆく。

ひとりで戦い、戦い尽くしてきた闘争の記憶。誰もセラの横に並び立つことはできなかった。そうしようと思ったものは、皆死んだ。

空虚で、それでも立ち止まることはできず、どんなにつらくても走り続けた。別れがセラの手を引き、死がセラの背を押した。

だから、セラは強くなり続けた。自分だけが強くなれば、他に犠牲を出すことはないから。だから――。

――ジャンは頬をかき、笑顔で。

「これからも、俺はお前の隣に立っていたい。そのために、証明したかったんだ。見くびるなよ。あの頃が俺のピークだなんて、誰が言った。俺はまだまだ強くなる。いつかお前のことだって、超えてみせる。これは、その最初の一歩だ」

まだセラが弱く、ひとりでは戦えなかった頃。彼とセラはともに戦った。それは二度と戻らない故郷を懐かしむような、セピア色の思い出。だからこそ胸の奥にしまっていた大切な残滓《ざんし》。

ジャンは、それすらも、セラに取り戻してくれようとしていた。

彼がそのために戦ったのだと知ったとき、セラは――。

ジャンが慌てる。

自分を見て、頭をかいた。

「……お前、また泣き虫になっちまったな。俺のせいか。悪い」

「え……」

頬を涙が伝っていた。

胸が熱くてたまらない。

「ジャン……」

今はただ彼に触れたくて、牢獄の中から檻《おり》越しに手を伸ばす。

「証明しただろ？　俺は。どうだい、まだなにか必要か？　今は少し疲れているから、大したことはできねえけどさ。そうだな、邪魔な檻を、ぶった切るぐらいか」

ジャンは剣を振るう。

一瞬にして断ち切られる檻。鉄格子に体重をかけていたセラは前によろめく。そんな彼女を「よ」とジャンが抱きとめた。

「ああ、それでも、お前を支えるぐらいなら、軽いもんさ」

セラは彼の腕に抱かれ、その顔を見上げる。濡れた瞳に、その不器用で傷だらけの顔を映し出しながら。

「本当に……？」

「ああ」

彼はなにも不安などないように、鷹揚《おうよう》にうなずいてくれる。

「ジャンは、わたしのそばにいてくれるの……？」

「いつまでも」

ためらわずにそう言う彼の頬を、セラの指が撫《な》でる。

「わたしは、ひとりきりじゃなくてもいいの？」

「もちろんだ。嫌だって言ってもついていくさ」

「そんな、だって、こんな気持ち……どうして……」

どうしてそこまで。

ジャンは、わたしのために、そこまでしてくれるんだ。

こんなに、わたしの喜ぶことばかり。どうして。

「あなたは、どうして」

言葉にならないその想いを、ジャンは受け止めた。

そして、言う。

「セラを、愛しているからだ」

わからない。それでも。

セラはずっと、ずっと、わかりたくて。

「人は人を愛していても、その想いが変わったり、武器を掲げたり、ときに争い、傷つけ合ったりして……もう、愛なんて言葉、わたしはわからないよ」

旅の中、色んな人を見た。命がかかった場面で、彼らは常に己を優先し、愛を棄《す》てた。

それが人だ。弱くて、愛《いと》しい生き物だ。

セラはそんな人が好きだ。

だけど、それが人なら彼は――――？

「セラ」

ジャンがセラの髪を撫でた。

「お前はもう、ひとりでがんばらなくていいんだ。俺がついている。お前がお前の人生の中でやりたいこと、やらなきゃいけないこと、成し遂げたいこと、果たさなければいけないこと。山ほどあるんだろ？　わかるよ。お前は責任感が強い上に、頑固な女だ。目の前に広がってるのは、途方もなく険しい道のりなんだろうさ」

彼は微笑《ほほえ》む。これまでと同じように、だけど、これまでよりもほんの少しだけ、力強く。

その存在は、紛れもなくセラにとっての特別だった。

「でも、俺はそんなお前に惚《ほ》れたんだ。だから、お前の荷物を半分、俺によこせ。一生かけて、一緒にこの道を歩んでいこうじゃないか」

息を呑む。世界中の音が止まったような気がした。彼の次に発する言葉だけが、セラの世界だった。

「今度こそ、結婚しよう」

雨上がりの光が差し込む牢獄にて、青年と少女は抱き合っていた。

四度目のプロポーズと彼の微笑みは、セラの頑《かたく》なな心を溶かしきったのだ。


ジャンとセラフィルナの結婚式は、翌々月に開かれることとなった。

第七話『結婚式』

メルセデッサの部屋に集まるのも、久しぶりのことだった。

どうやってセラを救えばいいのかと苦悩し、憔悴《しょうすい》しながらもあがいた日々は、もうずいぶんと昔のことのように思えた。

ジャンはソファーに足を組んで座り、部屋を見回す。足の踏み場もなかった部屋は、ずいぶんと片付けられていた。

「ここで顔を突き合わせて作戦会議する回数も、少しずつ減っていくんだろうけどな」

「否定だ。まだ解決しなければならない問題は残っている」

席について書類に向かっていたメルセデッサが顔を上げた。指折り数える。

「直近では魔族の問題だ。彼らがどのようにこの町にやってきたのか、手段や経路についても調査が必要だ。これ以上セラフィルナさまを危機に晒《さら》すわけにはいかない。沈黙を守っている魔神器についても、今は封印するための方法を探している最中だ」

部屋の壁に背を預けていたムルドがのんびりと返す。

「それについては、ゆっくり探していけばいいんじゃないかな。狂神の呪いは今も変わらず彼女を苛《さいな》んでいる。とはいえ、きょう明日に彼女が死ぬという話ではなくなったのだからね。時間の猶予は大事だよ。それもこれも、諦めの悪かった彼のおかげだ」

視線を向けられたジャンは、肩をすくめる。

「ここまでこられたのは、みんなのおかげさ。メルセデッサが俺を連れ出し、むっくんが俺を信じて力を与えてくれた。誰が欠けても、この状況を作り出すことはできなかった。感謝しているのは俺の方だよ」
フ、とメルセデッサも口元を緩める。
「いい顔をするようになったじゃないか、ジャン。まるで憑《つ》き物が落ちたようだ。魔族から受けた雪辱を果たしたからだな」

ムルドが指を振った。

「違うよメル。それじゃあ物事の一面を見ているに過ぎない。君にはだから魔法の才能がなかったんだ。勉強ができるのは結構だが、本質を見極める目を育むようにいつも言っているじゃないか」

「……はい、師父。しかし、私の才能のことは今関係がないのでは」

「せっかくだったんでね。多くの人間を見てきた僕にはわかるよ。青年がどうしてこんなにも穏やかな顔をしていられるのか。純粋にね、彼は今幸せの真っ只中《ただなか》なのさ。そうだろう？」

以前の自分だったら、軽口を叩《たた》いてごまかしていたに違いない。

けれど今は、肯定しないほうが難しいぐらいだ。

「そうだな。幸せだよ」

噛みしめるようなその声を、メルセデッサは真面目な顔で受け止めた。

「何よりだ」

間に立つムルドが、朗らかにパンと手を打つ。

「さて、魔神器や魔族、呪いといったこれからのことは後で考えるとしてだね。今は一ヶ月後に控えた一大イベントのため、全力で準備に当たろうじゃないか。みんな、そろそろ時間だろう？」

「ああ、そうだな」

「む、もうこんな時間ですか」

三人はそれぞれ支度を整え、部屋を出た。

すぐ分かれ道に差し掛かり、三人はそれぞれ別方向を向いた。メルセデッサは地下のセラの下へ。ジャンとムルドは町へと向かう。

「それじゃあ麗しの花嫁を頼んだよ、メル。素敵なウェディングドレスを仕立てておくれ」

「ええ。師父も花婿の面倒はお任せします。セラフィルナさまの横に立っても見劣りしないようなタキシードを、見繕ってくださいね」

「それはなかなか難しいオーダーだね。だが、こっちだって素材は悪くないんだ。任されようとも。腕が鳴るよ」

背を向け、別れ、歩き出す。

すべてが結実するようなその日は、少しずつだが確実に、近づいていたのだった。

◇◆◇◆◇

結婚式の準備が始まった。

行なわれるのは、セラフィルナの生存を知っているものの間だけでの小さな式だが、だとしても世界を救った勇者の結婚式だ。下手なものを出すことなどできない。

ドレスはオーダーメイド。アクセサリーの数々も王宮彫金師の一点物。式場は王城の中の教会を貸し切り、その内装も贅《ぜい》を尽くした作りとなる。

ドレスの採寸はメルセデッサとルーニャが行なった。『インシニミアの獄門』を掌握したとはいえ、それで一般人にセラが身を晒すわけにもいかない。

元の家は魔神器を封印する際に吹き飛ばされてしまったため、採寸は新築されたセラの家で行われた。建築家が地下庭園を訪れることも許されていないため、あらかた完成したパーツを運び込み、中で組み立てるという手法で建てられた家だ。

ちなみに組み立てはジャンが行なった。このために大工に弟子入りまでしてきた、らしい。あいつの情熱はいったいなんなんだ、とはメルセデッサの弁だ。

「愛されていますね、セラフィルナさまは」

メルセデッサがそう告げると、セラは嬉《うれ》しそうに頬を赤らめていた。

微笑《ほほえ》ましいお方だ。恋する少女のように肩を小さくする彼女が、まさか世界を救った勇者だとは、誰も思うまい。

下着姿のセラの後ろで、採寸道具を武器のように構えたルーニャが宣言する。

「で、では、し、失礼しますぅ！」

「ルーニャ、なぜそんなに緊張しているのだ」

「だ、だって……ゆーしゃさまのお肌に、触れるだなんて、そんな……恐れ多いです！」

「お着替えの手伝いもしているだろう」

呆《あき》れて告げるが、ルーニャの震えは取れなかった。

メイド服の胸元には、セラから感謝の気持ちとともに贈られた黄色いブローチが、誇らしげに飾られている。肌身離さず身につけているブローチは、ルーニャの宝物となった。

ルーニャはまるで勇気をもらうように、そのブローチをさすさすと撫《な》でる。

「うう、がんばらないと……。このいただいた贈り物に見合うだけの働きをしませんと

「……！」

「別にそんなつもりであげたわけじゃないのに」

苦笑いするセラだが、しかしプレゼントを大切にしてもらえるというのは、やはり嬉しいものだ。

そうこうしている間に、ルーニャの精神統一も終わったようだ。

いざ作業に入ったルーニャも最初こそ緊張していたが、やがて喜びが勝ったようでウキウキと採寸に取り掛かっていた。同時にふたつ以上のことができない子なのだ。

ルーニャは黄色い声をあげる。

「わ、ゆーしゃさま、腰細いですねっ！」

その目がキラキラと輝き出す。

まるでお姫様に憧れる女の子だ。

「そ、そうかな？　でも、旅をしていたときより、ちょっと筋肉落ちたかも……」

腕をあげて二の腕をつまむセラ。その全身には一切の無駄な肉がなく、柔らかな輪郭を帯びていた。処女雪のように真っ白な肌は、光を反射してきらめいている。魔力が戻ってきたからか、眩《まぶ》しくなるほどの健康美がそこにはあった。

至高の芸術品のような彼女を、こんなに間近でお世話することができるという名誉に、ルーニャの未成熟な胸はもうはちきれそうだった。

「大丈夫です！　これならきっと、すごくお似合いのドレスが作れますよ！」

自分が仕立てるわけでもないのに、ルーニャは太鼓判を押す。彼女はきっと、お姫様に仕えるという自分の役目にも、心をときめかせているに違いない。

ふむ、とメルセデッサもセラの前に回り込む。

「なるほど、確かにな。これほどに美しい花嫁を見るのは、おそらく人生において最初で最後になるだろう。私は本当に幸せものだ」

「め、メルセデッサも、からかわないで」

とっさに下着をつけた胸を隠すセラに、メルセデッサは頭を下げた。

「失礼しました。ですが、自信をお持ちになってください。あなたは十分に美しい」

すると、セラはうつむいた。

瞳を揺らしながら、とても小さな声を出す。

「……そんなこと言われても、どんな顔をすればいいか、わからないの。今までも美しさを褒めてもらえたことはあったわ。けれどそれは、絶望に沈む人々の心にきらびやかな象徴が必要だったから、わたしも受け入れられたの。でも、今はただひとりの、なんでもないセラとして褒めてもらっているから」

不安げな言葉に、メルセデッサは優しく目を細めた。

そうか、この方はそういうお方だった。

神をも断つ剣を操りながらも、女性の心は不器用で、愛らしい。

跪《ひざまず》き、顔を見上げながら柔らかく伝える。

「微笑みながら、『ありがとう』とおっしゃってください。あなたの美貌は、賛辞を受け入れるべき義務があります。その剣で、多くの人を救ったことと同じように」

セラは眉をひそめて、恥ずかしそうにつぶやいた。

「難しいのね……。わたしは別に、社交界に出たいわけじゃないのに」

「わかっております。しかし、どんなときもあなたを褒めそやしたいと願うひとりの人物には、心当たりがあるでしょう？」

そう言うと、我が君はさらに顔を赤くした。

「でも、驕《おご》っているって、思われないかな」

「過度な謙遜は、余計にひんしゅくを買います」

「……むずかしい」

セラは眉根を寄せる。そんな風に恋を患う平凡なセラの姿を、メルセデッサはきっとずっと見たかったのだ。

さあ、とメルセデッサはルーニャを手のひらで指し示す。

「まずは練習をしてみるというのは、いかがでしょう」

「ええっ？」

腰の引けたセラフィルナに、メルセデッサはルーニャをけしかけた。メイドの少女は喜び勇んで、セラの前に立つ。

ルーニャの口から溢《あふ》れ出る言葉は、はちみつのようだった。

「ゆーしゃさまのウェディングドレス姿を想像するだけで、ルーニャは天にも昇る心地です。白いお肌が、きっと純白の衣にとても映えて、まとめあげた金色の髪は月明かりのように輝いて……。ああっ、どうしましょう。ゆーしゃさまはお嫁さんになるのに、やってきた男の人はみんなゆーしゃさまに恋をしてしまいます……。絶対に、絶対にそうですよ！」

顔を近づけてきて、一気にまくしたてる彼女の目は、それこそ星のように輝いていた。迫ってきたのと同じ分だけのけぞって、セラは引きつった笑顔で応える。

「あ、ありがとうね、ルーニャ」

「いいえぇ！」

彼女に気付かれないように、セラは小さくため息をついた。

こういうことには、本当に慣れない。幸せすぎて自分の足元が崩れてしまいそうな気持ちになるから。

ふと地下室で硝子《がらす》張りの空を見上げ、想《おも》う。

今、ジャンはなにをしているんだろう。

彼のことを考えると、その微笑みを思い浮かべると、胸が温かくなる。

未来に不安を抱くのは、今までと変わらない。でもそこに、彼とのこれからを少しだけ思い浮かべることができるなら、自分はきっと、変わってゆけるのだろう。

「メルセデッサも、ありがとう。これからもわたしのことを、支えてくれる？」

「もちろんです、セラフィルナさま」

誰も入ることのできない庭園だけど、けれどここには確かに自分を見つけてくれた人がいる。それならきっと、大丈夫だ。

たとえ今は、箱庭のような幸せであっても。


セラが式をあげることについても、ムルドが力を貸してくれたと聞いた。

結局は結婚式をあげるのも、誰か顔の見えない貴族階級の思惑通りなのだろう、と考えていたのだが、どうも複雑な事情が絡み合っているようだ。その辺りのことはムルドがすべてうまくやってくれているのだろう。

『勇者の結婚式ともなれば、それは国の大事なイベントだ。こんな風にひそやかに行なわれること自体が、遺憾なんだよ』

ムルドは笑いながらそう言っていた。ジャンとて理解できないわけではない。セラは全国民に祝福されるべきだと思っているのだから。

とはいえ、その存命を隠している状況では難しいのもまた事実。今は部外者の声は横に置いて、セラがちゃんと幸せになるための決断をしてくれたことを、前向きに捉えよう。

ともあれだ。

結婚式の準備についてはほとんど女性陣が張り切ってやりたがっているため、ジャンが積極的にするようなことは、あまりなかったりする。

きょうはその少ない用事のうちのひとつ、オーダーメイドのタキシードをあつらえてもらいにやってきていた。

てっきり貴族が出入りする品格の高い仕立て屋に連れていかれるのかと思ったが、しかしやってきたのは町中の仕立て屋だ。

「こういうところのほうが緊張せずに済むだろう?」

「なにもかもお見通しかよ」

「僕と君の仲だからね」

仕立て屋も盛況だ。結婚式を挙げる人が増えているからだろう。婦人方に捕まったジャンは、採寸にと奥の部屋に引っ張られてゆく。

「あらあら、ずいぶんと鍛えられているのねえ。腕も背中も、鉄みたいだわ」

「……どうも」

服を脱いだジャンの素肌は引き締まって鍛えられているが傷だらけだった。前回の魔族と戦った傷も、いまだ癒えていない。しかし明らかに義手の右腕について言及されなかったのは、さすがはプロの商売人といったところか。

サイズを測られると、さらに奥の部屋に通される。次は、生地の選別だ。それと同時に、ジャケットの色やシャツの色、ネクタイの色にベストの色。さらに小物の数々を相談することになった。

「むっくん。正直、俺はあらゆることに手を抜きたくないと思ってはいる。だが、これは剣の勝負とは違うだろ。明確な勝った負けたの基準がとてつもなく曖昧だ。この場合、どれが正解なんだ？　教えてくれ」

「ふむ。いいだろう、ここは友達として年長者として、ひとつアドバイスしてあげよう」

付き添いとしてやってきたムルドは隣に座り、両手を開く。

「まず間違いがひとつ。この場合に勝ち負けは存在しない。というか、君の生きていた世界が特殊なんだ。この世界の多くには、勝ち負けはないんだよ。自分がどうしたいのか、というのが大切なんだ」

「……勝ち負けがない。それに、俺がどうしたいのか、か」

「君が少女に再三言っていたことだよ。大切なのはそれだ。さて、だとすると、君の好みの話をしようじゃないか。もちろん、それが極端に許せないセンスだった場合、僕の横槍《よこやり》が入ることは覚悟していてくれ」

「ああ、そりゃもちろん願ったり叶《かな》ったりだ。そのために来てもらったんだからな。……いや、ちょっと待てよ。むっくんのセンスが悪かった場合は、俺も言わせてもらうからな？」

「ほう、言うじゃないか。これは魔法の授業の他に、歴史の授業も織り交ぜるべきだったかな。男性が髪飾りを身につけるファッションを定着させたのが誰か、君は知るべきだったね」

そんなことを話しながら、タキシードのデザインを決めてゆく。

ジャンの見立てたのは、シルバーのタキシード。店の女性はもちろんのこと、ムルドからも「いいね」とのお墨付きをもらった。

出来上がりには一ヶ月ほどかかるらしい。それまでにまだ何度か、足を運ぶ必要があるようだ。

店を出てすぐ、ジャンは深い息をついた。どうも、気疲れしてしまったようだ。

「それにしても、むっくんは結婚式についても詳しいんだな」

「こう見えても長く生きているからね。メルくんが式をあげる際には、ぜひとも父親代わりに彼女の手を引いてヴァージンロードを歩きたいと、常日頃から思っている」

「嫌がられそうだ」

「そうなんだよ、彼女は長い反抗期なんだ」

ムルドはめげずに笑った。

「なあ、娘がいたってことは、むっくんも結婚していたんだろ？」

「いいや、僕は自分で式を挙げたことはないよ。妻と呼べる人物はいなかった。娘を産んでくれた人はいたけれどね」

「そう、なのか」

神妙に相槌《あいづち》を打つと、頭を小突かれてしまった。

「青年が気を遣うような話ではないよ。過去のことさ。それよりもどうだい？　僕も久々に町に出たから、少し寄っていかないか？　美味《おい》しいお茶を出す店が近くにあると、メルから聞いてね」

「ん……。ま、そうだな、仕方ない。魔法を教えてくれた礼に、付き合ってやろうじゃないか」

「ああ、ありがとう、青年」

向かった先は、静かな店だった。メルセデッサが好みそうだとジャンは思う。

老婦人が経営している、茶店というよりは民家に近い作りだ。入り口近くの席に座り、ジャンとムルドはそれぞれ茶と焼き菓子を注文した。

しばらくして淹《い》れたての茶が運ばれてくる。隣の国で採れたその葉っぱは風味豊かで、口に含むと一時の疲れを忘れられた。

「うん、美味しい。あとでお土産に買っていってあげようか」

「そうだな。セラにも飲んでもらいたい。いや、でも店で淹れてもらったほうがいいのかな。ルーニャにこれほどの味は出せないだろう」

「違いないね」

笑い合う。流れる穏やかな空気に会話が途切れたそのとき、ジャンは胸に秘めていた話題を口にしていた。

「俺の両親はずいぶん前に亡くなっちまっていてさ」

「ん」

唐突な言葉に、しかしムルドはこちらを促すでもなく茶の香りを楽しんでいる。彼のこういう自然体な態度を、ジャンは好ましく思う。

「唯一の肉親が、兄貴だけなんだ。俺は家を顧みなくて、兄貴は苦労してきたからさ。俺が嫌われてるのはわかってるんだが、どうしても憎めなくて。できれば結婚式に招待したかったんだけど……やっぱり、それは難しいよな」

今の段階で民間人にセラの生存を知らせることはできない。それはジャンにもわかっている。

「結婚の報告を手紙で送っても、きっと読んでもらえないだろうからさ。直接伝えたいんだけど、セラを置いていくわけにもいかないよな。だからいつか、セラを連れて故郷を訪れる日が来たら、いいな、って」

ジャンは手元のカップを見つめながら語る。いつもの軽口は、そこにはなかった。

「俺は、今までいろんな人に迷惑をかけてきた。多くの後悔がある。それはきっと、セラに対してのものだけじゃない。兄貴にだって、苦労をかけた。これが自己満足だとしても、できることなら償っていきたいんだ。こういうことを考えるのは……変かな」

「今まで君は自分だけのことを考えてきた。せいぜいそこに少女が加わるぐらいだったのが、もう一段階視野が広がったんだろう。自分の世界を大切にしていきたいという決意の表れさ。少しも変だとは思わないよ。けれど、そうだな。君がそんな神妙に自分のことを語る姿は、面白いかな」

「……なんだよそれ。自分でも柄じゃねえなって思っているけどさ」

うめく。ムルドは深い色の瞳で、カップの液体を見つめていた。

「人はいつでも、自分の過去を清算しながら前に進んでゆく。過去に囚《とら》われない人間などいないんだよ。それはどんな人だってそうだ。大事なのは、前に進むと決めた勇気なんだ。君は過ちを犯した過去の自分を卑下しすぎている。だからよりよい自分になろうと決めて、いつでも前を見据えている。それは君の美徳だよ」

「……そうかな。自分じゃ、よくわからないな」

ふと気づく。

「そういえば、前に言ってたよな。むっくんは自分にできないことができる人を褒めたがりだって。それも俺にできてむっくんにはできないことなのか？」

「そうだね。僕は臆病だからさ。なかなか前に進むことはできなかったな」

ムルドは遠い目をしながら微笑む。彼が今なにを思っているのか、ジャンにはわからなかった。けれど、その表情はいつか雨の晩に見たものと似ている気がした。

「ラチェレのことか？」

「……これは、驚いたな」

ムルドは一瞬言葉を失い、苦笑いを浮かべた。

「よくわかったね。これでも僕は自分の感情を隠すのは、上手なほうだと思っているんだけど」

別に、ただの当てずっぽうだ。ムルドが娘の死を悼まない父親であるはずがない。そう思っただけのこと。しかし、ジャンはこう言った。

「短い付き合いだけど、それくらいわかるさ。俺とむっくんの仲だろ？」

「……ああ、そうだったね。その通りだ」

ムルドは深くうなずいた。

「僕もね、前に進みたいんだ」

普段の余裕たっぷりなムルドとは違う、自分に言い聞かせるような頼りない声だった。

このときのムルドがいったいどんな決意をしていたのか、ジャンにはわからなかった。

でも、応援したいとは思う。

「じゃあ、一緒にがんばろうぜ、むっくん」

「……ああ、そうだね。僕も君のように、もう少し自分の命を粗末に扱ってみるべきかな」

「そこが大事なポイントじゃないだろ！」

思わず声を荒らげたジャンに、ムルドは笑い声を漏らす。

「ま、当面は君の結婚式だ。僕はね、青年の思う以上に楽しみにしているんだよ。なんたって明日はついに、結婚指輪を買いに行く日だ。ああ、ワクワクするな」

「おいおい、買うのは俺だろ……？　なんでむっくんが張り切っているんだよ。言っとくけど、指輪は俺が選ぶからな。センスが悪いって言われても、これだけは譲らないぞ」

ムキになるジャンに対し、ムルドはすっかりといつもの調子だ。

「僕はね、弟子の結婚指輪にはいつも理術を刻んであげるんだ。『幸せになれるように』との願いを込めた理術をね。単なる気休めと馬鹿にしたものではないよ。七王七賢の大賢者ムルド＝ヴリンが全力で刻む願いだ。どうだい？　効きそうな気がするだろう？」

　ジャンは頭をかく。得意げに言うムルドに向かって。

「実際はともかく、な。効くよそれは。だって俺とセラだ。幸せにならないはずはないからな」

　さらに得意げな顔をしたジャンに、ムルドは笑って「違いないね」と答えたのだった。

　女たちには女たちの、男たちには男たちの物語があり、こうして式の準備は進められていった。

◇◆◇◆◇

「できましたぁ！」と夜遅く、ルーニャの部屋から叫び声が聞こえてきた。

　なにかあったのかとジャンが駆けつけると、そこには一枚の便箋を掲げたセンパイメイドの姿が。あまつさえ便箋に頬ずりなどしている。

　ちょっと引いた。

「……ど、どうかしたのか？」

「はっ……後輩さん……。いや、でももうゆーしゃさまの旦那様になるから、ご主人様……？　え、でも、お仕事ではルーニャがセンパイで……？　センパなさま……？」

頭からぷしゅーと蒸気を噴きそうになるルーニャをなだめる。

「今まで通りでいいから落ち着け。で、なにをしてたんだ？」

「ふっふっふ」

ふたつのことを同時にできないルーニャは切り替えも早かった。ルーニャはニマニマしながら、装飾の施された綺麗《きれい》な便箋を見せてくる。

「これです。なにに見えますか、後輩さん。一発で当てたらすごいって言ってあげます。でも、後輩さんには少し難しすぎるかもしれませんね」

「結婚式の招待状、かな」

「…………………」

「いや、ごめん、なんだろうな。さっぱりわからない。どうして便箋なんて持っているんだ？」

「……。あ、えと……。こ、これは、結婚式の、招待状なんですよー！」

「へー！　そうなのかー！」

茶番に付き合うと、ルーニャは先ほどのことも忘れたように屈託なく笑った。彼女は便箋を胸元に構えながら言う。

「せめてなにかお手伝いできるようにってメルセデッサさまにお願いしたら、ルーニャに任せてくださったんです！　ルーニャひとりで書いたんですよ！」

　机の上には失敗したであろう練習用紙が散乱していた。

へえ、とジャンは感心する。ルーニャには夜ごとに辞書を引いて単語を教えていた。その反復練習の成果か、文字はずいぶんと……いや、かなり綺麗になった。

「上達したんだな、センパイ」

「そうなんですよ！　まだまだ、文章を書いたり読んだりはニガテですけど……でも、写すことぐらいだったら、ルーニャにもできますからねっ」

　練習用紙には、メルセデッサの綴《つづ》りがたくさん書かれている。彼女に送るべき招待状だ。メルセデッサはきっと失敗してもいいと思って自分宛の招待状を書かせたのだろう。だが、だからこそルーニャはやる気になっているに違いない。

「なるほどな、センパイは頑張り屋だな」

「えへへ、そんなことないですよぅ。だってこんなの、楽しいだけですもんっ。ゆーしゃさまのお力になれるなんて、すっごく嬉しいですっ！」

　曇りひとつない笑顔でそう告げられて、ジャンは頭をかく。

　ルーニャは本当に、素直な娘だ。全力で喜び、全力で祝福してくれる。彼女のような人がセラの近くにいてくれることは、幸運なのかもしれない。ひょっとしたら、自分なんかよりも。

そう思うと、ジャンは口を尖《とが》らせながら、ルーニャの肩を叩いた。

「負けないぞ」

「へっ、後輩さんも招待状書くんですか!? ダメですよ、これルーニャのお仕事ですよ！」

机の上の便箋を隠すように、腕の中に集めるルーニャ。ジャンは首を振る。

「いやいや、センパイの仕事は取らないよ。俺は俺のやるべきことをするだけさ」

「だったらいいんですけどぉ……。あ、そういえば、メルセデッサさまのお師匠様がいらっしゃるじゃないですか」

「むっくんのことか。どうかしたか？」

「あの、あの、むっくんさまにも招待状をお届けしたいんですけど、でも、最近お姿を見ていないので……。後輩さんは会う機会、ありますか？」

「そういえば指輪を受け取ってから、ムルドの姿は見ていないな」

最近バタバタと忙しそうにしている。きっと彼にしかできない仕事があるのだろう。結婚式の根回しだとか。

「そうですかぁ……」

「ま、すぐにひょっこりと現れるよ。来たらちゃんと招待状を手渡してやればいいさ。むっくんって呼んでくれる人が少なくて寂しがっているみたいだし、きっと喜ぶぜ」

「はい！」

ルーニャは元気よくうなずいた。それから再び招待状に取り掛かる。彼女を邪魔しないようにジャンは部屋を出た。自分の部屋に戻る。

自室の引き出しを開く。そこには、届けられたばかりの指輪が入っていた。

祝福の魔法をかけるとかで、明日にはいったんムルドに預けるものだ。手に取り、指輪ケースをそっと開く。

白金細工で丁寧に整えられたその指輪は小さい。ジャンの小指に嵌《は》めるのも難しいだろう。来月には、これをセラに贈ることになるのだ。

「ふー……」

深く息をはき、指輪ケースを引き出しにしまう。自分が頼りない姿を見せるわけにはいかない。あのルーニャのようにはつらつと、幸せを摑《つか》めると信じなければ。

「セラ」

彼女が自分の妻になる。その余りあるほどの幸甚だけを、見つめていよう。

己に言い聞かせて眠れない夜を過ごした翌日、ジャンは初めてドレスを試着するセラの姿を見せてもらった。

◇　◆　◇　◆　◇

お披露目会は、セラの家で行われた。リビングを半分に仕切るようにカーテンが張られている。ソファーに座りながらジャンはそれが開かれるときを待っていた。

先ほどから妙に姿勢がいいのは、緊張の表れだ。向こうから聞こえてくる衣擦《きぬず》れの音が気になって仕方ない。剣士として磨いた鋭敏な感覚が想像力をかき立てる。ジャンは無心に羊を数えていた。

ルーニャが出てきた。なぜだか勝ち誇るように笑みを浮かべている。

「それじゃあ開きますよぉ。よろこびすぎて気を失っちゃダメですよ、後輩さん」

「努力する」

短く答えると、ルーニャがシャッとカーテンを開いた。

「……どう、かな？」

そこには一仕事終えたメルセデッサと、そして、着替え終わったセラが立っていた。

声をかけることすらためらわれる静謐《せいひつ》な美貌に、ジャンは息を呑《の》んだ。

ウェディングドレスは、どんなに見事な鎧《よろい》よりもジャンの心を奪った。裾は長く星の海のように広がっていて、折り重なって編まれたフリルは白の花びらを思わせた。

彼女のためだけに仕立てられたドレス。それは人を幸福な運命に導く聖衣のようだ。

初めて名乗られたときのことを思い出す。あのとき十三歳だったセラも、純白のドレスを身にまとっていた。思えば、あの出会いこそがジャンの初恋だった。

『その力、今度はわたしを守るために役立てることを、誓ってくださる？』

そう囁《ささや》かれ、ジャンは彼女の仲間になった。自分が一番輝いていた頃の話だ。セラの姿はあまりにも魅力的すぎて、いくらか美化して覚えていたはずだが、今のセラはあの頃よりもずっと美人になっていた。

まだ髪をまとめたり、化粧をしているわけではない。アクセサリーやヴェールも身に着けず、ただのドレスの試着程度でこの動揺だ。本番ではこれよりもさらに美しく着飾るのだと思うと、そんな幸せを甘受してもいいのだろうかと、逆に不安になってくる。

ジャンがセラに見とれたままでいると、勘違いしたルーニャが目を吊《つ》り上げてきた。

「ちょっと、ダメですよ後輩さん！　ちゃんと感想言ってあげないと、新婦さんが不安になっちゃうって、仕立て屋のお姉さん方が言ってましたよ！」

センパイに叱られてしまうとは。ジャンは言葉を絞り出す。

「えと、あの………綺麗だよ、セラ」

月並みな賛美は、この気持ちを十分の一も伝えられなかった。

「う、うん……はい」

だが、直接ジャンに褒められたセラは赤面して、そのままうつむいてしまう。

メルセデッサが気を利かせてか、ルーニャとアクセサリーを取りにいった。

ふたり残されて少し経《た》ち、ジャンはようやく口を開く。

「初めて、実感したよ」

「……なにが？」

「ドレス姿のセラを見てさ、俺たち、結婚するんだなってさ」

「……もう」

セラは顔を赤らめたまま、照れ隠しに目を逸《そ》らした。

小さく、甘酸っぱいものを含んだように、言う。

「当たり前、でしょ……。わたしは、あなたとともに歩いてゆくって、決めたんだから……」

ジャンはセラに近づいてゆく。

セラが両手を振った。

「あ、まだだめだよ。本番前に、ドレスに触っちゃ。これからまだ保管するから、少しも脂をつけちゃいけないって」

そういう彼女の頬に、ジャンは手を当てる。セラは「ん……」と喉を鳴らし、ジャンをうっとりと仰ぎ見た。

「愛してるよ、セラ」

「うん……。わたしも」

ドレス姿で穏やかに笑うセラ。対するジャンは、先ほどから激しい心臓の音を隠すので精一杯だ。落ち着いたフリをして、そんな美しい彼女にふさわしい男であるように努める。彼女のそばに寄り添うことのできる自分は、幸せだ。

「綺麗だよ、セラ」

改めて言うと、セラはなにかに気づいたようにハッとした。うつむき、耳まで真っ赤に染める。

なにか、おかしいことを言ってしまったのだろうか。

どうしたのだろうかと内心で不安げに待っていると、セラは決意したように顔を上げて。目を逸らしながら、口元に手を当てて、か細い声で言った。

「……ありがとう、ジャン」

りんごのように火照った頬は白のドレスに映え、まるで化粧をしているように美しかった。

胸のうちに、確信の種が芽吹く。メルセデッサが自室のドアを叩いたあの日、あのときの決心は、きっと間違いではなかったのだ――と。

そして清涼な川のように、月日は穏やかに流れてゆき。

セラが救ったあらゆる人の助けを借りながら、すべての準備は完了した。

ジャンとセラの結婚式は、とうとう明日となった。

◇◆◇◆◇

翌朝には、もう式が挙げられる。ジャンは眠れずにいた。

眠るべきときに眠る術《すべ》は、体に叩き込んでいる。どんなに短い時間でも休息を取り、体力を回復させるのは、長い旅を続けてきたジャンにとって必要不可欠な技能だったからだ。

なのに、どうしても眠れなかった。こんなことは、初めてだ。

その点、セラはいい生徒だった。彼女もまた、いつでもどこでも眠る術を体得した。話では、魔界の最奥、狂神を祀《まつ》る神殿ですら眠っていたという。信じられない胆力である。

明日は大事な日だ。それならとっくにベッドの中にいるだろう。

起きたジャンは寝間着のまま、庭園を流れる水路を散歩する。

これからセラとともに生きていく。その覚悟はある。魔神器の封印や、神の呪い。魔族の襲来など、問題は山積みだ。なによりも一番の不安は、自分が本当にセラを幸せにできるのだろうか、という形のない懸念だった。

そんなことをぼんやりと考えながら歩いていると、人影が見えた。

「……ジャン？」

向こう岸に、セラがいた。寝間着の上からシャツを羽織った彼女は、ジャンを見て目を丸くしていた。細い体がより強調されるような姿は、三日月を思わせる。

「お前こそ、どうしたんだよ、こんな時間に。明日は早いんだぞ」

「うん、そうだね」

セラはその場にしゃがみ込む。水路の流れをぼんやりとした瞳で見つめていた。

「でも、なんだか眠れなくて。おかしいよね。わたし、どこだって眠れるようになったはずなのに。覚えている？　ジャンから教えてもらったんだよ」

「……ああ。俺も、同じだよ」

「そうなの？」

「目が冴《さ》えちまってな」

ふふ、とセラは微笑する。

「そっか。なんだろうね、これ。幸せなことが待っているはずなのに、まるで嵐の前の晩みたいな気持ち」

ジャンは橋を渡って、セラの隣にやってくる。しゃがむセラの体は、いつも以上に小さく見えた。

「明日、わたしたち、結婚するんだね」

「ああ」

「でも、大丈夫だよ、ジャン」

こちらを見上げるセラの瞳は、希望を宿す水宝玉のように輝いている。

「わたしが必ず、ジャンを幸せにするから」

ひたむきな決意を感じるその言葉に、ジャンも微笑む。

「だったら、俺も負けないぜ。お前が俺を幸せにするってなら、それ以上にセラを幸せにしてみせるさ。自信あるからな」

「……」

ジャンが言い切ると、セラは赤面してうつむいた。その様子に、ジャンは怪訝《けげん》そうに問いかける。

「セラ？　どうかしたか？」

「ううん……ただ、負けちゃいそうだな、って思っただけ。だってその言葉で、わたしの胸はとっても幸せになっちゃったんだもの……」

いじらしいことを言うセラに、最初の勝負が引き分けであることを自覚する。照れて彼女の顔を見られずにいると、セラが袖を引いてきた。

「ねえ、ジャン」

「ん、ど、どうした？」

「明日からわたしたち、夫婦に、なるんだよね」

「そ、そうだな」

夜目が利くジャンは、彼女が今、耳まで真っ赤になっていることがわかった。

「だったら、呼び名も少しずつ、変えていったほうがいいのかな、って」

「……それは？」

「例えば、ほら、あなた、って」

温かい体温が伝わるような、吐息混じりのささやき声。

甘やかな不意打ちに、ジャンは固まってしまった。

「やだ、思ったより、恥ずかしい……」

セラは火照った頬を押さえた。上目遣いでこちらの様子を窺《うかが》ってくる。

「い、いきなりは無理かもしれないけど……でも、その、わたしも、がんばるから。ジャンを……あなたを、幸せにできるように……。ね？」

「ああ……いや、まあ、焦らずにゆっくりと、な」

咳払《せきばら》いしながらやっとの思いで告げると、セラは不安げな顔をした。

「やっぱり、呼び方はそのままのほうがいいかな……？　ルーニャやメルセデッサは、喜んでくれるって言ってくれたんだけど、形から入るなんて、変、だよね？」

「いやいや、そうじゃないんだ。ちょっとびっくりしただけで、嬉しいよ、うん。いや、慌てて取り繕っているように見えるかもしれないが、本当だ。えっと……」

言葉を重ねれば重ねるほど、薄っぺらくなっていくようだ。ジャンは一度間を取ってから、ゆっくりと言い直す。

「すごく、グッときた。よかった」

「あ、う……」

セラの瞳を覗《のぞ》き込みながら言うと、今度は伝わりすぎてしまった。うつむく彼女は、口内で行き場のない言葉をかき混ぜる。目の前の優しい少女が、愛《いと》しくてたまらない。

「セラが嫌じゃなかったら、また呼んでくれ。最初の方はきっと照れてばっかりだと思うけど、すぐに慣れるようにがんばるから」

「……うん、そうするね、あなた」

こちらの手にそっと手を乗せて、くすぐるように言うセラ。

ジャンは仏頂面でその言葉を噛みしめる。すると、彼女はくすっと笑って。

「あなた、明日はよろしくね。いい式にしようね、あなた」

「あ、ああ……なあ、ちょっと連呼し過ぎじゃないか？」

セラは笑いを噛み殺していた。わかってやっているようだ。頬を紅潮させたままうめく。

「お前な……」

まるで昔、セラと旅をしていた頃のようだ。懐かしさの奥、胸にチクリと針が刺すような痛みが走る。ジャンは口をつぐんでセラの頭を撫でた。

「ん」

気持ちよさそうに目を細めるセラに、ジャンは小さくうなずいた。

「いい式にしような。ふたりの夢がちゃんと叶ったんだって、そう思えるような式に」

「うん」

「新婚旅行の行き先も、決めておかないとな」

「わたし、ジャンと一緒に海に行ってみたいな。泳ぐの、すごく気持ちいいんだもの」

手を繋《つな》いだセラは、白い花のように微笑んだ。

「ありがとうね、ジャン。わたしをここまで連れてきてくれて。本当に、ありがとう」

その微笑みに照らされた心には、晴れ渡る空が広がった。いったいなにを心配していたのだろうと思うほど、胸の内には気持ちのいい風が吹き抜けてゆく。

すると、ようやく眠気を実感することができた。さっきまで眠ろうとがんばっていたのが、今になって効いてきたようだ。同じように、セラも口元を隠しながら小さくあくびをした。彼女は立ち上がる。

「それじゃあ、そろそろ寝よっか。明日早いんだもの。今夜はわたしに付き合ってくれて、ありがとうね、あなた」

「それはこっちのセリフだよ。ああ、そうだ」

思いついた。からかわれたままで彼女を帰らせるのではなく、最後にせめてひとつぐららい仕返しをしてやろうと手を広げる。

「せっかくだから、一緒に寝るか？　セラの部屋のベッドなら、ふたりぐらいは楽に入れるだろう」

「えっ、そ、そんなのだめだよ。だめだめ」

それは予想内のリアクションだったから、ジャンは忍び笑いを漏らす。

ふるふると首を振るセラは、じっとジャンの顔を見つめていた。どうしたのかとジャンも立ち止まり、見つめ合う。するとセラは目を逸らし、まるで小鳥が鳴くように言った。

「まだ、だめ。そういうのは、ちゃんと……明日になってから……ね？　あなた」

それはきっと無自覚な発言だったのだろうけれど。

自分がどんな顔をしているのかわからなくて、見られるのが恥ずかしくて、ジャンはセラの顔が見られなかった。

足元がふわふわとして、まるで宙に浮いているようだ。

「……おやすみ、セラ」

「うん、おやすみなさい、ジャン」

明日が来なければ、いつまでもこの夜にセラとふたりでいられる。けれど、明日にはきっともっと幸せな未来が拓《ひら》けている。それは、ジャンが勝ち取った確かな未来だった。

星が瞬《またた》く結婚前夜は、微睡《まどろ》みに溶けて過ぎ去ってゆく。

◇　◆　◇　◆　◇

朝早くからルーニャやメルセデッサは、式場の準備で忙しそうにしていた。

タキシードに着替えたジャンは最低限の化粧を施されると、あとは控室に押し込まれていた。仕方ない。新婦のドレスのほうが何十倍も手間がかかるのだから。

それはいい。納得している。だが、待機時間が延びるのだけはいただけない。こんなの緊張してしまうに決まっている。

控室に座るジャンは、先ほどから落ち着きなく立ったり座ったりを繰り返していた。あまり動き回ると衣装がシワになるかもしれないと気づいて座り込むも、長く持たなかった。

タキシード姿のジャンである。髪を後ろになでつけるようにしてセットし、身だしなみを整えた彼は、貴族の若き当主と言われてもおかしくはないほどの威厳を備えていた。

その腰には、愛剣を帯びている。クアラクネ王国の結婚式では、男は皆、帯刀する決まりだ。妻を生涯守り続けるために、という伝統である。

「……剣でも振っていたら、気分が晴れるかもしれないな」

剣を抜こうとし、いやさすがにダメだろうと首を振る。まったく、自分はいったいなにをしているんだ。

間もなく、式が始まるのだ。その予定時刻は近づいていた。先ほどまでは部屋の外から準備に駆け回る足音が響いていたが、今はそれもなくなっていた。

雇った楽団員が弾くピアノの音が、どこからか流れてくる。彼らは教会の中に立ち入ることが許されていないため、外での演奏だ。

これはクアラクネ王国に古くから伝わる、恋の曲だ。結婚式に流れる定番の曲でもある。

調べはきっと町にも届き、『きょうは誰かが教会で式をあげているのかしら？』などと、世間話の種になったりもするのだろう。

それが世界を救った勇者セラフィルナと、剣神ジャンの式だとは、思うはずもあるまい。

なんだかとても不思議な感覚だ。今自分がここに立っていることが。

鏡の前に立つ。

村を出る前の自分の姿を思い出す。頼りなく、自信のない目をしていた負け犬。失ったのは右腕だけではない。自分自身だった。

伏せた目をあげ、ジャンは今の自分を見つめた。

ひとりの男が見える。

高等魔族を四人斬った、かつて剣神と呼ばれていた男。その目は今なお覇気を失わず、輝いている。後悔を背負いながらも決してうつむかず、素晴らしい未来が広がっていることを、信じている。

「……ずいぶんと、変わるもんだ。少し前まで、いつ死んでもいいって思っていたはずなのにさ」

拳を握り、うなずく。

コンコン、とノックの音がした。招き入れる。メルセデッサだった。

「馬子にも衣装とは、よくいったものだな」

ジャンは両手を広げ、誇るように言った。

「どうかな。勇者の結婚相手に見えるかい？」

「ああ、見えるさ」

彼女はすぐに首肯した。ジャンは片眉をあげてメルセデッサを見返す。

「なんだよ。ずいぶんと素直だな。機嫌いいのか？」

「当たり前だ。きょうがなんの日だと思っている。セラフィルナさまが第一歩を踏み出す日だ。私が多少浮かれていても仕方ないだろう」

そんなことを自信満々に言われてもな、と頰をかく。

ま、参列者が楽しそうにしてくれるのは、嬉しいものだ。

「で、どうだい。セラのほうの様子は」

「落ち着いたものだ。セラフィルナさまはもうとっくに腹をくくっているぞ。キミもしゃんとしろ」

浮ついた心を見抜かれてしまった。ジャンは頬を緩める。

「あいつ、昔っから本番に強いんだよな。練習試合はいつも俺の圧勝だったが、戦いでは誰よりも頼りになった」

記憶の引き出しがひとりでに開く。セラの勝ち気な目。その強気な声が。

口論も、ケンカも、何度もした。自分に負けて悔しそうに泣いていたセラの姿も覚えている。戦いは苛烈で、食べるものに困る日もあったけれど、思い出せばなにもかも楽しい日々だった。

「今はすっかりと大人になって、とても綺麗になっちまったけどさ。中身はそう簡単に変わらねえんだな。俺もあいつもだ」

「変わってゆくよ。キミたちふたりは、幸せになる」

メルセデッサは断言した。常に心配事を抱えてばかりの彼女にしては、珍しい言葉だった。ジャンは肩をすくめた。

「気が早いぜ、メルセデッサ。これからたくさん迷惑をかけるかもしれないだろ」

「フッ、そうだな。楽しみにしているとも」

メルセデッサに軽口を叩いていると、ずいぶんと緊張がほぐれたようだ。

この数ヶ月、セラを救うために彼女がどれほど尽力したかを、ジャンはよく知っている。

メルセデッサはとうに、ジャンの気の置けない大切な仲間になっていたのだ。

「さて、それでは私がここに来た本題を話すとしようか」

メルセデッサはもったいぶった口ぶりで、ジャンに手を差し出す。

「さあ、時間だ。剣神ジャン＝ブレイディアよ。私と共に来てくれ」

ジャンは口元を撫でた。

「俺が必要なのか」

「肯定だ。少なくとも我々は、彼女がキミを必要としているのだと、認識している」

メルセデッサも微笑み、ジャンは立ち上がる。

「なら――会いにいこうぜ、一緒に。俺たちのセラの下へ」


教会。祭壇の前に立つジャン。ステンドグラスから差し込む光が、その姿を際立たせる。

シルバーのタキシードと、その腕から覗く銀の腕。まるで一幅の絵画のように、その姿は凛々《りり》しかった。

剣神はもはや過去の名となるだろう。これから彼は勇者セラフィルナの夫として、世界に知られてゆくのだ。

教会の長椅子に座る参列者は、十名にも満たない。神父やセラの生存を知る理術師たち。その中にカチコチに緊張したルーニャの姿があった。

どちらの親戚縁者も、列席していない。

それを寂しいと、ジャンは思わなかった。

今この瞬間でなにもかもが結実するなんて夢物語を見ちゃいない。これは始まりなのだ。自分とセラが幸せになるための道。その入口に立っているに過ぎない。

未来は無限に広がっている。いつかはセラが肉親と再会する日も来るだろう。道は続いているのだから。

だからこの光景を、悲しいと思う必要なんて、ないんだ。

ドアが開く。

光の中、女性の姿が浮かび上がった。

いつか見たその光景が、ジャンの心の中に蘇《よみがえ》る。

目の奥が熱くなる。拳を握り、涙をこぼさないように耐える。自分が泣いてしまえば、彼女はきっと涙をこらえて微笑むだろうから。だから、ここで泣くべきは自分ではない。

白いヴェールをつけて、真っ白なブーケを抱いた彼女が、セラフィルナが顔をあげる。

きらびやかなウェディングドレスをまとう、幻想的な花嫁。外では楽団の演奏が始まる。

音色が少女の物語を彩った。

ヴェールを下ろす役目を担ったのは、メルセデッサだ。

セラはメルセデッサと短く言葉を交わす。ヴェールに覆われた金色の髪は太陽の光を浴び、稲穂のように輝いていた。

彼女はこちらに歩んできた。誰とも肩を並べず、たったひとりで。その胸元にくっきりと刻まれた狂神の呪いを隠すことなく。

水晶で作られたブライダルシューズが、コツコツと赤い絨毯《じゅうたん》を叩く。

ヴァージンロードは花嫁の人生を振り返る道程だと言う。

メルセデッサに見送られ、城から旅に出たセラ。彼女は様々な仲間と出会い、そして死別してきた。いつしか、孤独を義務だと受け入れ、その使命を完遂した。ひとりだけの旅路。

だが。

その終着地は墓場ではなかった。

彼女を待つ男が、いる。

楽団の調べに包まれながら、ここで待っている。

ドレスをまとう少女は自らの道行きを全うした。そして、微笑みを浮かべる。

「おまたせ、ジャン」

わずかな間。ジャンは自らを律し、感情を制御する。大敵に挑むために必要な鍛錬の成果を、まさか感涙を押さえつけるために行なう日がやってくるとは。

　自分は、幸せ者だ。

　メルセデッサが下ろしたヴェールを、ジャンがあげる。ふたりの間にもはや、一切の壁はない。

「……いや、こちらのほうこそ、待たせてごめんな。そうだ。ずいぶんと長い間、待たせちまった」

「？」

　ジャンにとっては万感の思いのこもった言葉だったけれど、その意味は、セラにはわからなかったようだ。それでいい。それで構わないのだ。

　これから先は、もうずっと一緒なのだから。

　雇われた神父の前で、ふたりは向かい合う。客人は少ない。けれど、互いの目にはもう互いしか映っていなかった。

「それでは、誓いの言葉を」

　一度も練習なんてしなかった。それなのに、声はぴったりと揃《そろ》った。

『本日、私達《たち》は、夫婦の誓いをいたします』

　夢が叶う瞬間だ。

　セラがずっと想い続けた、その夢が。

ジャンはタキシードの胸に手を当て、覚えたセリフを暗唱する。

「……私は、セラフィルナを生涯の妻とし、一生愛し続けることを誓います」

セラの目はじっとこちらを見つめている。意志の強い眼差《まなざ》しに、ジャンの鼓動が跳ねる。

だが、押し留《とど》めた。せめて、彼女にふさわしい振る舞いをしようと。

「どんなときもセラのそばにあり、セラを守り、慈しみ、幸せな家庭を築いていくことを誓います」

月並みな誓いの言葉だ。

しかし、こんな当たり前の幸せを、自分たちは狂おしいほどに求めていたのだ。

セラは濡《ぬ》れた瞳で微笑む。

「私は、ジャンを生涯の夫とし、一生愛し続けることを誓います」

その形のいい唇が、愛だけの言葉を紡ぐ。

「どんなときもジャンのそばにあり、ジャンを愛し、慈しみ、幸せな家庭を築いていくことを誓います」

目の前に立つ人が、誰よりも愛しい。

ステンドグラスの光がふたりを照らし、日輪すらも祝福をしているかのようだった。

ジャンは神父から指輪を渡される。ムルドとふたりで選んだ指輪だ。『幸せになれるように』の願いが刻まれた指輪は、光晶石と呼ばれる退魔の力をもつ石が爪留めされている。

その輝きも美しいが、なによりもこれは花をモチーフにした指輪だった。

セラには花が似合うのだ。

左手を差し出してくるセラに、ジャンは最後の問いかけをした。

「……いいよな？　セラ」

「ええ、ジャン」

セラは微笑み、右手の指を唇に当てた。

「あなたの好きにして、ジャン。わたしはもう、あなたのものだよ」

「……ああ」

指輪がその細い薬指に。

嵌《はま》った。

次の瞬間だ。

轟々《ごうごう》と燃える炎が生まれた。

炎はセラの指先からほとばしり怪物の触手のように、瞬く間にその体を包み込む。その暗き炎は指輪から噴き出したように見えた。

引き裂くような悲鳴が教会に響き渡る。

ジャンは凍りつく。

これは。なんだ。いったい。

思考が泥土のように沈殿し、停滞する。自分だけに見えている幻ではないかとすら、疑った。しかしセラの苦痛に喘《あえ》ぐその声が、ジャンの願意を破壊した。

先ほどまでの、愛に満ちた雰囲気は燃やし尽くされた。黒い炎の中で蠢《うごめ》くセラは苦しみもがいていた。なぜこんなことに。――誰がこんなことを。

「とても、いい式だった」

ぱたり、と神父が書を閉じた。

その声が、姿が、存在感が、変質する。

「最後まで全うさせてあげられないのが残念で仕方ない。これは本心だよ。けれど、世界は君たちふたりだけのものではないんだ。とても悲しいことに。君の物語の主役が君であるように、僕にも僕の物語がある。――それが、これなんだ」

彼を、見る。

その男はとてもよく知っている。その声も、その姿も、その存在感も。紛れもなく自分たちを祝福してくれたはずだ。優しく見守っていてくれたはずだ。なによりも、彼女を生かすために力を貸してくれたではないか。

七王七賢のひとり、大賢者ムルド＝ヴリン――。

「むっくん……？」

「うん、そうだ、むっくんだよ」

ムルド＝ヴリンは普段の挨拶と変わらぬ態度で、青ざめたジャンに微笑みかけた。

「そして今からその少女。勇者セラフィルナを殺す者の名だ」

第八話『勇者と賢者』

勇者セラフィルナを救うために、ムルドが為《な》した功績はあまりにも多大だ。

彼女の呪いの正体を解析し、魔神器の瘴気《しょうき》が漏れぬように地下室を設計し、作り上げた。

魔族から匿《かくま》いながら、勇者の心を戻すための方法を模索した。精神魔法をジャンに教え、勇者を回復に導いたのも彼だ。

そんな彼が勇者を殺そうなど、意味がない。やろうと思えば、いつだってできたはずだ。

なぜ今になって、回復したセラを襲うというのか。

「あああああああああああああああああ!」

「――――」

その叫び声で、ジャンは我に返った。

セラは自らを包んでいた黒い炎をかき消す。全身から魔力を放出することによって、炎を吹き飛ばしたのだ。魔力の突風によって、レースやフリルなどのドレスを飾るあらゆる装飾は、見るも無残な姿になってしまっていた。

おそらく、やろうと思えば苦しむことなく炎を鎮火することができていたはずだ。けれど迷ったのだ。このドレスを傷つけたくなくて。しかし彼女はなによりも戦士として、この選択肢を選ばざるを得なかった。

だから、セラは心から悲しそうだった。白い肌のあちこちに刻まれた火傷《やけど》よりもよほど痛そうに顔を歪《ゆが》めている。

「賢者様、あなたは、やっぱりわたしを……」

そんな彼女の想《おも》いを――。

「やれやれ、指輪に込めた魔法をも一蹴されるとはね。本当に君は常軌を逸した存在だ。僕も長い時を生きたが、君ほどの者を見るのは初めてだ」

ムルドは気にも留《と》めていなかった。彼はすでに教会の中央に移動し、何重にも刻まれた理術陣の中に立っていた。それはあまりにも複雑過ぎて、ジャンには判別ができない。

『幸せになれるように』の願いは、まやかしだったのか。あの指輪はセラを殺すための計略でしかなかったというのか。開幕の爆炎は、セラでなければ即死するほどの火力だった。明確な殺意があった。

ジャンはムルドを信頼していた。それが浅はかだったのか？

「なぜだ、ムルド師父！　今さらどうして、セラフィルナさまを害するのか！」

真っ先に叫んだのは、セラでもジャンでもなく――教会の後方にいたメルセデッサだった。彼女は悪夢を見たような顔をしていた。

「これが僕にとって重要なことだからだ」

ムルドは振り向かず答える。彼の目は瞬《まばた》きの暇すらなく、セラの一挙一動に向けられていた。

「よもや、国王になにかを命じられたのか……？　それとも、セラフィルナさまの呪いを終わらせる手立てを編み出し、実行しようというのか!?」

「僕はただの魔法使いだ。創造主じゃない。ないよ、そんなものは」

「な――」

メルセデッサは絶句した。

では、セラを殺すということは、つまり――。

「――人間を、滅ぼすというのか、あなたが」

「結果的には、そういうことになるだろう。僕が彼女を倒すことができればの話だけれどね」

あまりにも当然のように口走るムルドに、メルセデッサは言葉をもたなかった。彼女は目を見開き、裏切られたようにうなだれ、そして唇を噛《か》んだ。

「なぜ、なぜなのだ……。あなたは、この国を守り……この国に生きるあらゆる理術師の父として、誰もがあなたを敬っていた……。それが、このような形で、反旗を翻すなんて……よもや、あなたも狂神を信奉していたというのか……？」

そうあってくれればいいと、メルセデッサは懇願していた。狂ってしまったのなら仕方ないと、彼を切り捨てるに足る理由を欲していた。

「君にはわからないよ、メル」

「っ」

切り捨てられたメルセデッサは金切り声をあげる。

「なぜそんな優しい声を出す！　あなたは、私の大切なものを、この世界を滅ぼすと言っているのだぞ！　そんなあなたが、どうして、そんな！　やめてくれ！　あなたのしたことは冗談では済まされないのだ！　今ならまだ間に合う！　ここでのことは誰も見ていなかったことにする！　だから――！」

「メル」

ムルドは振り向くことなく言う。

「結局、どちらにせよ君の結婚式に出ることは叶《かな》わなそうだ。君にはもっと色々なことを伝えたかった。世界が滅びを免れたそのときは、幸せになるといい」

「――」

その言葉はただメルセデッサを混乱させるだけだった。しかしムルドは話が終わったとばかりに、それ以上メルセデッサの言葉には応えない。メルセデッサは茫然自失《ぼうぜんじしつ》だ。あの彼女がこれほど打ちのめされる姿は、初めて見た。

ジャンはまるですがるようにムルドを見つめる。

「むっくん……」

「まだ僕をその名で呼んでくれるのか？　君はやはり、優しい男だ」

ジャンは臨戦状態にあるセラを横目に、極めて慎重に口を開く。

「……それは、ラチェレの仇討ちなのか？」

核心を突いたつもりだった。黙っていたセラの動揺が伝わってくる。

ムルドの娘――ラチェレは、ジャンが離脱した後に加わったセラの仲間であり、そして旅の途中に死んだ。

「ラチェは……魔族と戦い、そして……。わたしは確かに、彼女を守れませんでした」

懺悔《ざんげ》するように重々しく告白するセラに、しかしムルドはそれにすらも首を振った。

「だが、彼女は満足して逝ったのだろう」

仲間の死をその父に思い出させられたセラは、唇を噛み締めながら静かに首を振った。

「……それは、わかりません。いえ、あの子は、きっと無念でした。もっと先を見たかったと、ラチェなら言うでしょう。だから、未来を奪ったわたしはあなたに恨まれるのも、仕方ないのかもしれません……」

セラは気づいていた。ラチェレがムルドの娘であることに。

「君は精一杯やったよ。それぐらいのことはわかるさ。娘を見殺しにしたような人間が、前人未到の偉業を達成できるはずがない。僕はこう見えてもね、人を見る目は確かなんだ」

　ならば、なおさらわからない。ジャンはセラの前に立ち、腕を振るう。

「むっくん、あんたはなにがしたいんだ……？　ただセラを困らせて楽しもうってわけじゃないだろ？　あんたは、この戦いで今まで積み重ねたそのすべてを、失うことになるんだぞ！　命すらもだ！　やめろよ、こんな戦いに意味なんてない！」

「それを君が口にするか、青年」

　ムルドは場違いなほどに楽しそうな笑みを浮かべた。そして忠告する。

「先ほどから苦心しているようだけれど、その指輪は君に外すことはできないよ。最後の手段として指を引きちぎるつもりだろうが、それでも魔法は止まらない。せっかく新郎から贈られた指輪だ。大切にしてくれ」

「……セラ？」

　そのこめかみから汗が伝っていた。セラは口をきつく結び、なにかに必死に耐えるような顔をしていることにジャンは気づく。

「僕が一ヶ月かけて作り上げた魔法は、炎を噴き上げるだけじゃない。彼女の魔力の九割は今、その指輪によって封じ込められている。仕掛けはそれだけじゃなくてね、この教会だってそうさ。唱喚魔法も使えなくなっているだろう？　君を外に逃がさないためにね、外界と隔離させてもらったんだ。君が結婚式の準備をするのと同じだけの時間を、僕は君を殺すために使わせてもらったからね」

「あんたは……本気、なのか……？」

ジャンの喉から出た振り絞るような声に、ムルドはなにを今さらと笑う。

「僕は戦ってほしいんだ、少女よ。ただこの一戦に命を懸けてほしいと思っている。でなければ、僕がこうした理由がない」

ジャンはセラをかばうように前に立ち、怒鳴った。

「だったら、こんな風にセラを追い詰める必要なんて、なかっただろう！　魔力と聖剣を封じ込め、自分に絶対的に有利な状況を整えた上での戦いなんて、あんたの手のひらの上じゃないか！」

ムルドは眉ひとつ動かさない。

「剣士と戦うのなら、僕はどんなに汚い手段を使ってでも、この図式を整える。でも、僕にもまだ誇りがあるんでね。手段は選びたかったんだよ。なるべく他の人を傷つけたくはなかったから長い時間をかけた。いくら油断するからといって、そのために君たちの結婚式をぶち壊してしまったことは、申し訳ないとは思っているんだ。でも、これしかなかった」

もしムルドが未《いま》だ逡巡《しゅんじゅん》しているのならば、ジャンにも説得する術《すべ》はあったのかもしれない。だが、彼は命まで懸けてこの舞台を整えた。それほどの決意を、言葉で止められるとは思えない。

ジャンは剣を抜いた。

「……わかった。だが、その前に俺と戦ってくれ、ムルド」

「君が僕と、か」

「セラを守るって決めたんでね」

「いいよ、もちろん。でも、その可能性も想定済みなんだ」

ムルドが指を鳴らした次の瞬間、ジャンの薬指に茨のような緑の輪が絡みついた。

「これは――」

生気が吸い上げられてゆく感覚。目がくらみ、不快感がせり上がる。必死に力を込めるけれど、ずるりと剣が手からこぼれ落ちた。すぐに膝をつく。

この感覚は知っている。精神魔法の修行で何度も陥った。魔力を使い切ったときの状態だ。

「お前は、なにを……」

「同じように、魔力を封じさせてもらった。その状態で無茶をすると、君自身、もう二度と魔法を使えなくなるかもしれないよ。せっかくの才だ。こんなところで無意味に失うことはあるまい」

「は、お優しいな、ムルド」

ジャンは歯を食いしばりながら立ち上がった。小刻みに震える右手に左手を添え、剣を拾い上げる。

「この行為が無意味かどうかは、俺が決める。後ろでセラが見ているんだ。俺にとって、意味のある行為に決まってるだろ」

「……君のそういうところだよ」

ムルドがふっと口元をほころばす。それはまるで、普段見慣れているムルドの憧憬を湛《たた》えた笑みだった。

「――あ、あの！」

場違いな叫び声が高らかにあがった。

全員の視線がそちらを向く。

そこにいたのはメイド服を着た少女、ルーニャだった。彼女はムルドに駆け寄る。

その手が、メイド服のポケットの中に突っ込まれた。ムルドは一瞬怪訝《けげん》そうに眉をひそめ、そしてすぐに目を見開いた。

ルーニャの靴が、床に描かれた理術陣を踏む。あらゆる外敵を排除する攻性防壁は、その少女を一瞬で灰燼《かいじん》に帰すほどの魔力を秘めていた。だが――。

「ルーニャ！」

ジャンやセラの制止も耳に入らないほど緊張した様子で、幼きメイドは。

たやすくその理術の壁を踏み越える。

理術陣はルーニャを一切害さず。そして、ルーニャはムルドの結界内部、間合いの内側に潜入した。

「魔法大国レガリアの、娘――」

セラの『インシニミアの獄門』すら受け付けない、ルーニャの絶対魔法耐性。それは、大賢者ムルドの理術をも、無効化した。

「あのあの！」

驚愕《きょうがく》するムルドに向かって、ルーニャはポケットの中からなにかを取り出す。反射的に、ムルドは腕を振るっていた。

「――」

教会内に、血が舞った。

ムルドの握っていた小剣は、ルーニャの体を斜めに裂いた。彼女の胸を飾る黄色いブローチが血に濡《ぬ》れる。ルーニャの驚愕の表情。その手からこぼれたのは、彼女が一生懸命書いたであろう一通の便箋だった。

ルーニャは前のめりに膝をつく。口元から血を垂らしたルーニャはそれでも便箋を拾いもう一度差し出しながら、息も絶え絶えに言った。

「もう、式は始まっちゃいましたけど、あの、招待状、です……。むっくんさまも、お願いです……ゆーしゃさまの、お式を、祝福してあげて、ください」

「……」

誰もなにも、言葉を発することができなかった。その中で、ぼたぼたと血をこぼすルーニャは、必死に腕を伸ばす。ムルドは彼女を見下ろし、吐き捨てるように言った。

「だから、剣は苦手なんだ。こんなに容赦なく、壊すことしかできない。僕にはうまく扱いかねる」

飾りのついた小剣を捨てるムルド。剣は音を立てて地面を転がった。

「なるべく他の人を傷つけたくはないんだ。僕の目的は、少女ひとりだ」

ムルドはルーニャに背を向ける。かすむ目のルーニャはそれすらもわからず、まだ手を伸ばしている。だが、やがて力尽きたようにその場に倒れ込んだ。

メイド服の少女に血溜《ちだ》まりが広がる。手から落ちた招待状が、血に沈む。

「ムルド、お前は……！」

魔力の枯渇に苦しみながらも、一歩前に踏み出そうとするジャン。その前に、ウェディングドレス姿の女が歩み出た。

「ごめん、ジャン。わたしにやらせて」

「セラ。しかし」

「やらせて」

セラは頑《かたく》なに繰り返す。

彼女はジャンに目を向けることもなかった。その目には怒りの火が灯《とも》っていた。

「ジャンは、ルーニャをお願い」

有無を言わさぬ口調のセラに、危ういものを感じる。

「あの人の狙いはわたしだから。わたしがあの人を、倒す」

「俺は、ルーニャのようには」

ジャンがかけられた魔法の指輪は輝き続けている。それはセラも同様だ。しかし、セラは触媒があってもなお揺るがずに、ジャンは脂汗を流している。これは歴然とした実力の差だった。

「みなさんは、ここを出て避難してください。賢者様、それぐらいは許してくれますよね」

「もちろんさ。閉じ込められているのは少女だけだからね」

セラの言葉に従って、数少ない参列者が教会を出てゆく。メルセデッサは半ば無理矢理に連れ出された。

セラはムルドを見据える。そこには可憐《かれん》な少女の面影はもはやない。氷に閉じ込められたような冷たい炎が揺らいでいた。

「あなたは自分の身を守っただけなんでしょう。でも、ルーニャを傷つけたあなたを、わたしは許せない。どんな理由があろうとも」

「いいだろう。君を発奮させるために、青年を打ちのめす必要もなくなったのなら、ありがたい。本番を前に、余計な魔力は使いたくないからね」

セラの目が厳しさを増す。それが挑発だとわかっていながらも、彼女は内に眠る激情を押さえつけることはできなかった。

少女の中の竜が目を覚ます様を、ジャンは見つめていた。

さあ、とムルドは舞台の幕を下ろす座長のように両手を広げた。

「勇者セラフィルナ。世界と青年を守りたければ、僕を殺すがいい。ただし先に言っておこう。この首を斬り落とさない限り、僕はその最後の瞬間まで君を絶命させるに足るあらゆる策を弄し続けると。心得よ、互いに和解だけはありえないのだと」

セラはムルドに向かって、弾丸のように一直線に飛び出した。

ジャンは叫ぶ。

「ムルド！　セラ――！」

勇者と賢者の戦いが、今始まった。


ムルドが刻みつけた二十層に及ぶ結界陣は、その半数がセラの一撃で砕け散る。剣でも魔法でもない、ただの拳の一撃でだ。

セラの闘法は様々な流派の入り乱れる固有戦術《オリジナル》だ。それらを総括し、ジャンは彼女の流派に御神威《みかむい》の名をつけた。セラは神を葬り去るために神と同等の力を操る者であるのだと。最強にして唯一の武術、御神威《みかむい》。それは爆発的な脚力と膨大な魔力を誇るセラの、極めて直線的な最短最速で相手を打ち倒すための戦法だ。

「なるほど、確かに凄《すさ》まじい威力だ。無限に近い再生能力を誇る狂神を滅殺するだけのことはある。この世界において、君を超える破壊力の持ち主は、他にはいないだろうな」

それでも、一撃は止めた。ムルドは無詠唱で魔法を放つ。セラの指輪から再び炎が噴き上がった。今度は先ほどの何倍にも及ぶほどの火力だ。

炎は天井にまで猛《たけ》り狂い、教会内の温度を一瞬にして急上昇させた。

セラの指輪に埋め込まれた魔法はもうひとつあった。門の魔法だ。ムルドが放った魔法は彼の目の前から消え去り、指輪から出現する。指輪を外せないセラは常に至近距離からムルドの魔法を浴びることになる。それがどんなに致命的なものであっても。

ならば、もはやセラの勝ち筋は――。

ジャンが危ぶんだ直後、渾身《こんしん》の二打目。山をも揺るがす轟音《ごうおん》。握り固めたセラの小さな拳は、ムルドの残る結界のすべてを打ち破った。ムルドを吹き飛ばす。

セラがこちらを見る。それが合図だと気づいたジャンは、飛び出した。ムルドの足元に倒れていたルーニャを確保する。血まみれのメイドの胸は、苦しそうに上下していた。まだ息はある。よかった。

あとはセラがムルドを倒すだけだ。黒き炎を全身に浴びながら、セラはムルドを追いかける。魔法を放って追撃を止めようとするムルド。しかしセラはまるで意に介さず、跳んだ。

セラは振り上げたその拳を。

「────」

ムルドの腹に、打ちつけた。

星と星が衝突するような絶対的な破壊力が、ただ一点にのみ集中する。

神をも撃滅せしめた少女の一打を浴びて、人の身が生存できるはずもなかった。


腹に大穴の空いたムルドを、セラは空洞のような眼《め》で見下ろしていた。

まさしく最強の勇者。大賢者を破壊するために彼女が振るった拳はたったの三発。これで魔力の九割を封じ込められているというのだから、その強さは底がない。

だが、ジャンとセラは勝利を無邪気に喜ぶ気持ちにはなれなかった。結局ムルドはなんのためにセラと戦ったのか。それが彼の口から語られることはなかったのだから。

しかし、術者がいなくなった以上、これで教会の結界もすぐに解けるだろう。

虚《むな》しき苦い勝利は、これまでにも幾度となく経験したことだ。人の裏切りも一度や二度ではなかった。それでも、慣れるということはいつまで経《た》ってもありえない。特にムルドは、セラ復活のために力を貸してくれた人物だ。

「……ムルド」

ジャンは死んだ男の名をつぶやく。ルーニャを手当しなければならない。その体を持ち上げようとしたところで、気づく。自分の魔力がいまだ封じられたままであることを。

……戦いはまだ、終わっていないのか？

「……え？」

ムルドを殴殺したセラの右腕。そこに付着した血がボコボコと泡立ってゆく。

これは、セラはよく知っている。見覚えがある。

呪いだ。

死と引き換えに、相手を縛るもっとも忌まわしき魔法。狂神が死に際、セラにかけた最悪の呪い。

呪堕魔法――。

「君がどれほどの魔法を無効化できるのか、それがわからなかったからね」

セラとジャンは見上げた。教会の二階。吹き抜けになったその細い回廊において、先ほど殺されたばかりのムルドの姿があった。

「結局、一番強い魔法を使うしかなかったんだよ。本来はこれで君を葬り去るつもりだったのだけど……うん、まだ生きているね。さすがは神の呪いに耐えるほどの抗呪力だ。とはいえ、これからの再戦、君の右腕はもう動くまい」

では、今倒したのは？　幻ではない。死体はここにあり、確かに死の手応えもあった。肉を骨を内臓を砕く感触があった。

しかし、ムルドは現にこうして生きており、呪堕魔法を行使している。

「どうして。……っ……！」

セラは右腕に走る苦痛に、固く目を閉じた。まるで関節が外れてしまったかのようにぶらりと落ちる右腕に手を当てる。どんなに力を込めても、右腕は動いてくれなかった。

回廊のムルドは、満足げにうなずいた。

「やあ、君を驚かせることができたのなら、それは少し嬉《うれ》しいな」

声が重なった。

「無駄に長く生きているだけあってね。隠し玉はたくさん持っているんだよ」

「君に勝つことができるとしたら、それは引き出しの数で勝負するより他ないからね」

そこには、複数人のムルドがいた。

誰もが同じ顔をし、同じように笑っている。見せかけだけの幻影ならば、たちまち看破できていただろう。けれど、それは――。

「……どう、なって……」

うめくジャンに、後ろから現れたムルドが笑う。

「遥《はる》か昔、七王に仕えたとされる七賢者。それについて学んだことは？」

「こんなときにまで授業かよ……そんなの、おとぎ話だろ？　実在しているなんて、思わなかった……。お前も含めて、な……」

「クアラクネ王国の前身となった国に仕えていた賢者ムルド。彼はね、戦で疲弊してゆく戦乱の世を儚《はかな》んで、ひとつの魔法を生み出したんだ。それは自らの分体を生み出す魔法。このことは僕《ムルド》以外の誰も知らない。まさしく秘奥中の秘奥。かくして七人の賢者はそれぞれの国を治め、バランスを取りながら戦争を終えることができましたとさ。めでたしめでたし、ってね」

すなわち、それは。

「七王七賢。その賢者とは、僕のことだ。僕は七賢者のひとりであり、僕たちはかつて七人で世界を統べた」

大賢者ムルド。その残り六人が薄く笑い、セラを見据えていた。同時に、口を開く。

『僕が君を地獄に送るとしよう』

六人のムルドが、同時に詠唱を始める。

人間に滅びの時が近づいていた。

その戦いは、もはや人知を遥かに超越していた。

ジャンですら、全容を把握するのは不可能であった。

六人のムルドの放つ魔法は虹色の軌跡を描き、世界の法則に作用する。ジャンに見ることができるのは事象、結果だけだ。そこに至るまでどんなやり取りが行なわれていたのか、セラが無効化《レジスト》しきれなかったのか、それともあえて身に受けることを選択したのか——ジャンにはもう、なにもわからなかった。

炎が、風が、氷が、岩が、この世のありとあらゆる理術がセラを襲う。魔法がセラを追い詰める。重力が変化し、大気組成が操られ、精神がかき乱され、時空が断裂する。

指輪という名の楔《くさび》を打ち込まれたセラは、縦横無尽に教会内を跳び回っていた。殴打する拳をことごとくムルドに阻まれ、止まれば過剰な追撃に追い詰められる。

ムルドはセラを圧倒していた。少なくともジャンにはそう見えた。セラは毎秒ごとに傷つき、その命はいつ奪われてもおかしくはなかった。

最愛の人と世界の死が目前に迫り、ジャンは何度も戦いに介入しようと機を窺《うかが》っていた。

だが、できなかった。ムルドの魔法は嵐のように部屋を暴れ回り、一歩でも踏み出せば次の瞬間、自分の全身はバラバラに引き裂かれるだろう。

なにひとつ残すことのできない、無為な死だ。それだけは避けなければならない。セラをただ悲しませるだけの結果になるのだから。

だが、このままでは、セラが——。

「セラ！」

度重なる魔法に引き裂かれ、すっかりと背中が空いてしまったドレス。線の細いその後ろ姿を見ながら、ジャンが叫ぶ。そのときであった。

彼女の周囲に、黒いモヤが浮かび上がった。禍々《まがまが》しいモヤはまるで意思をもっているかのように一定の形を作る。まるで翼のようだ。

人の魂を、幽冥に連れ去るための翼。ジャンは彼女の中で、それを見たことがある。

『インシニミアの獄門』。その完全形態。

「——封鎖解錠」

どこかで鎖が引きちぎれるような音がした。

翼の生えたセラはジャンを振り返り、寂しそうに笑った。

「少し、苦しいかもしれないけれど、待っていて。すぐに終わるから」

『ほう、これが——』

六人のムルドが口を開く。指向性をもった門は、ムルドから無理矢理に魔力を引き出し、喰《く》らっていた。

　他者の魔力を自らのものとする魔神器。ただそれだけの単純な性能だが、問題は所持者がセラであるということだ。自らの魔力を無限に破壊力に転換することができる勇者セラフィルナと獄門の相性は、極めて良い。

「しかし、この状況で『インシニミアの獄門』を使うとは、ずいぶんと冷徹なことだ。君の結婚相手は、僕の指輪で魔力が枯渇しつつあるというのに。残り少ない力をも奪い去れば、彼はもう二度と剣の振るえない体になるかもしれないよ」

　ジャンは息苦しさと、肌寒さを覚えていた。しかし、魔力が吸い取られるような感覚は訪れない。

「見くびらないでください。一度は力に呑み込まれた身ですが、すでにこの魔神器は手中にあります。あなたたち以外に、危害を加えたりはしません」

　誇り高く言い切るセラの言葉通り、魔神器はジャンから魔力を吸い取るようなことはなかった。むしろ、ジャンはなにかに守られているような気さえする。

「君の所持する魔神器は三基。まずはひとつ目を使わせたに過ぎない。まだまだ先は長いな」

　魔力の雨が降りそそぐ中、セラは言い放った。

「いいえ、これで、終わりです」

『なんだって』

先ほどまでのあらゆる攻撃が、セラに当たる前に糸のように解けてゆく。魔力はその翼に宿り、さらに彼女が発する魔力を強大なものへと変えていった。

「賢者様の魔法はもう、わたしには通じません」

「大した自信だ。けれど長く生きているとね、こんなこともできるようになるんだよ」

ムルドは新たな魔法を編む。その光を浴びると、セラの翼を形作っていた魔力がバラバラにちぎれて飛んでいった。

『インシニミアの獄門』をひと目見ただけでムルドは対策を講じ、すぐに実行してみせたのだ。けれど、セラには通用しなかった。

「それも、魔法ですよね。だったら、無駄なことなんです」

ほどけたはずの魔力が、再びセラの背中に宿り、翼と化す。なんということはない。ムルドの対抗魔法すらも、セラは自らに取り込んでみせたのだ。

言葉にしてみれば簡単なことだが、相手は世界最高峰の魔法使いだ。もちろん分解されないように、二重三重に創意を凝らした魔法を放っている。それでも、魔力で出来ている以上、獄門の前にすべてが等しくセラの糧となる。

理術も魔法も関係ない。半人前も大賢者も違いはない。これが魔神器『インシニミアの獄門』の真の力だ。

「すごいな、その魔神器は。それほどのことができたのか」

もはや笑うしかないとばかりに、ムルドたちはセラの実力を認めた。大技小細工にかかわらずすべての魔法を取り込まれるのなら、魔法使いに勝ち目などないに決まっている。

ムルドが次に打つ手を考えあぐねている間に、セラは教会を包む封印の一部を喰らい取った。ステンドグラスが割れ、光が差し込む。

外界と教会が繋《つな》がり、そして今、セラには魔力が満ちている——。

ならばやることはひとつだ。

セラは歌を奏でた。

歌声の美しさは、まるで死神のようだ。

セラの手に一振りの剣が舞い降りる。雪白色の刀身は紛れもなく神を残滅せし聖剣の証《あかし》。

勇者のみが扱える究極の兵器。

「聖剣ギガントマキアー……。それだけは、見たくなかったんだけれどね」

その左手が剣を摑《つか》んだ次の瞬間、彼女の背に生えた闇色の翼は——純白に染め上げられた。

真っ白な翼と真っ白なドレスをまとう少女。セラの姿は今や、どこからどう見ても紛れもなく、悪を誅《ちゅう》するために生み出された正義の使徒であった。

鷺《さぎ》のように優美な翼を羽ばたかせ、セラはムルドたちに斬りかかる。

砂時計がひっくり返されたように、今までの光景が逆転した。

そこからはもう、一方的な虐殺劇だった。

剣は一切の防御魔法を貫通し、ムルドの首を刎《は》ねた。

二人目は杖《つえ》を創り出し、セラと二合打ち合った後に胴体を真っ二つにされた。

三人目。セラを超重力に閉じ込め圧死させようと目論《もくろ》むも、心臓を一刺しに。

魔法の嵐はいつしか止《や》んでいた。ジャンはしかし、それ以上もうなにをすることもできない。助勢もありえない。あのセラの前に出たところでただの足手まといに過ぎないことは、自分が一番わかっていた。

大勢は決した。もはやムルドに逆転の手はあるまい。何人目かのムルドが自らの命を賭した大魔法を放ち、しかしそれすらも『インシニミアの獄門』に阻まれていた。

強すぎる。彼女に並び立つことができると考えていたなんて、お笑い種だ。

これが、単騎で神を滅ぼした勇者、セラフィルナの実力なのだ。相手がかつて共に戦った仲間の父親でも。そして、たとえ右腕の機能を失ったとしても――彼女はそれでも一切戦意を喪失することなく、戦い続けた。まるでジャンの弱さを嘲笑《あざわら》うようにだ。

強い。なんて強さだ。

剣技、魔力、それ以上に、心があまりにも強い。

ムルドが命を懸けてすら、その足元にも及ばない力。ジャンの背筋を震わせたものは、いったいなんだったのか。

「敵《かな》わなかった、か」

ジャンの足元に転がっていた上半身だけのムルドが、光を失った目でそうつぶやいた。

思わずジャンは彼のもとに駆け寄った。どうして自分がそうしたのかはわからない。相手はルーニャを斬って、セラを襲って、自分たちの結婚式をめちゃくちゃにした男だ。なのに、彼との日々が脳裏を過《よ》ぎり、心からムルドを憎むことはできなかった。

息絶えようとしているムルドの手を取る。

失われてゆくその命を繋ぎ止めるように、しっかりと握った。

「……ムルド、どうしてなんだよ。なんでこんなことをしたんだよ……」

敵になってしまった彼の下に跪《ひざまず》き、ジャンは悲しそうに首を振った。

「セラを殺したところで、お前の娘は、もう生き返らないんだろ……？　腹いせに、世界を滅ぼしてどうするっていうんだよ……」

割れたステンドグラスから降り注ぐ柔らかな光を浴び、血まみれのムルドは微笑《ほほえ》む。

「僕はね、確かめたかったんだ」

彼の瞳が、ジャンの顔を見つめることはもう、できなくて。

「僕は歴代最強の勇者セラフィルナと共に旅をする道を選ばなかった。臆病者だったからね。どうせ神に勝てるはずなんてないと思い込んでいた。その後にラチェレが出て行ってしまったことについても、後悔はない。あれは彼女の選択だから。僕は娘を愛していたが、彼女の人格を尊重してあげたいとも思っていた」

その言葉に負け惜しみや悔しさはない。

どんなときも優しくて、涼やかな、慈しみ深いムルドの言葉だった。

「ラチェレは戦い、死んだ。僕は知りたいんだ。果たして、僕が戦いにいけば、彼女が死ぬことはなかったのか、と。彼女がやろうとしていたことは、僕にもできることだったのかどうか。その疑問を晴らしたかった。でも、もう実証する術《すべ》はない。永遠に失われてしまった。だから……せめて少女を倒すことができれば、僕は納得できただろう」

ジャンは「ばかな」とつぶやく。

「そんなことのために……？」

ムルドは皮肉げに口元を吊り上げた。

「……そんなこと、か。よりによって、君がそれを言うのか？　君はあの夜、僕に言ったじゃないか。ただ生きることに何の意味があるか、僕に説いたじゃないか。僕は、君に、勇気をもらったんだ。前に進むための、その勇気をね」

「ムルド……」

信じられない。信じたくはない。長い時を生きた賢者の背を押したのが、まさか自分だったなんて。セラとムルドが戦うことになったのが、自分のせいだったなんて。

ジャンは泣きそうな顔で彼をその腕に抱く。

ムルドの口からこぼれたのは、ただただ感謝の念。

「ありがとう、ジャン。僕は君に逢《あ》えたから、最後に最も愚かな男にはならずに済んだんだ。ラチェレとともに少女の旅に随行したところで、僕は死んでいただろう。その答えがわかった。確かめることができたんだ。十分、命を懸けるに足る出来事さ」

「……この、おおばかやろう」

世界を滅ぼすことになってでも、彼は己のために戦った。その気持ちがジャンには痛いほどよくわかった。自らの命や、世界の運命を天秤《てんびん》にかけてでも、ひとりの男として叶えなければならない願いは、確かにある。

それを達成した先に得られるものは、自己満足でしかない。だが、心にぽっかりと空いたたったひとつの渇望は、他のどんなことをしていても埋められない巨大な穴だ。

ムルドはジャンに笑いかける。

「君がこれから歩む道のりは、誰よりも険しいものだろう。だけどね、きっと君なら踏破できると信じている。彼女と幸せになれると。ああ、だけど……悔しい。これほどの差があるだなんてな。僕は、一切手を抜かなかったんだ……。やるからにはな、本気で世界を滅ぼしてでも勝つつもりだったんだ……。本気だったんだよ……。それなのに、このザマかよ……」

歯を噛み締めたムルドの顔が歪む。

こぼれた心根が、ジャンの胸をえぐる。

「僕が本当に心から力を求めていれば、今頃は彼女に到達することができていたんだろうか……。ああ、悔しいな……なぜ僕は、最強を目指そうとしなかったのか……。ジャン、君は僕のようになるんじゃないぜ……。君は強くなれよ……」

胸の鼓動が爆発するように跳ねた。セラとムルドの戦いに立ち入ることのできなかった自らの惨めさを思い、ジャンは勢い良くうなずく。

「……ああ、なるよ！　強く、なる！」

その力強い言葉に、ムルドは険しかった顔を緩めた。

「まったく、残念だ……。結局、メルの花嫁姿は……見られず、じまいだ……」

彼はそこで事切れた。ジャンは愕然《がくぜん》として彼の手を握っていた。

結局、自分だ。彼を決断させたのは、自分なのだ。

立ち上がり、叫ぶ。

「もうやめてくれ、ムルド！　あんたじゃセラには勝てない！　もう十分わかっただろ！　証明は終わったんだ！　このままじゃ犬死だ！　命より、大切なものなんて――！」

――ある。

ジャンの魂がこの先を叫ぶことを拒んだ。

命より大切なものは、あるんだ。

だからムルドは、戦ったのだ。何百年生きようが、関係ない。戦うべきときに戦うこと。

それこそが、人の尊厳を守るということなのだから。

「むっくん——！」

セラの前には、最後のムルドが立っていた。セラが左手でギガントマキアーを握りしめ、彼に踏み込む。その姿をようやくジャンの目にも捉えることができた。

ムルドはもはやギガントマキアーに対し、有効な防御魔法を唱えることができない。彼は死ぬ。その瞬間、姿が変わる。そこにいたのはジャン。これは高等魔族が使う、姿を偽る魔法だ。そんなものすらも、ムルドは使いこなすことができるというのか。

ほんの一瞬でも躊躇《ちゅうちょ》すれば、その刹那、彼は自爆覚悟で最強の魔法を叩《たた》き込むだろう——が。

——セラは微塵《みじん》も揺るがず。そのジャンを、頂点から真っ二つに斬り裂いた。

七王七賢、その最後のひとりが潰《つい》えた瞬間であった。

指輪の効果がぷつりと切れた。そのことが、ムルドの絶命を証明していた。

教会の中心、ムルドたちの死体に囲まれた場所で、黄金の髪をもつ美しき少女は立ち尽くしていた。

あれほど果てのない強さを見せつけた勇者セラフィルナ。『インシニミアの獄門』が消えたその細い背中は、まるで泣いているようだった。

ジャンはルーニャを外で待つメルセデッサたちに引き渡す。その後、ムルドの血にまみれた赤い絨毯《じゅうたん》を踏みつけ、セラの下へと歩んだ。

自分が声をかけてあげなければという焦燥感に、腕を引かれたように。

それでも、なにを言えばいいのかは、まるでわからなくて。

「……セラ」

「……」

セラがギガントマキアーを虚空にかき消す。教会の封印は解けている。外には死臭が漏れていて、やがて騒がしくなるだろう。その空隙とでも言うべき時間に、セラは振り返ってきた。

うつむいている。細い金糸のような髪で隠され、セラの目は見えなかった。

「……怪我《けが》は、ない？　ジャン」

「ああ」

ジャンは彼女の左手を摑む。指輪が砕け、細かい破片となって床に散った。

彼女のきらびやかだったドレスはその面影すらもない。長い手間暇をかけて編み込まれたレースも、飾られた宝石も焼き尽くされた。無事な箇所すら、血で赤く染まってしまっていた。まるで鮮血の花嫁だ。

「きっと、バチが当たったんだよ」

「……なんだよ、それ」

セラはうつむいたままだ。

「こんなわたしが、幸せになろうとしていたから……。ラチェレのことだって、わたしは乗り越えられたと思って、でも、それはただ記憶が薄れていっただけで……。死んだ人のことを、忘れるべきじゃ、なかったんだ。もう誰も、ひとりも。そうじゃなきゃ、みんながなくなっちゃうんだから。……だから、これはわたしへの罰なんだよ」

ジャンは即座に否定した。

「そんなことはない。あれはただムルドが確かめたかっただけなんだ。お前のせいじゃないんだ」

強く彼女の手を握る。セラは力なく首を振った。

「……痛いよ、ジャン」

刺され、打たれ、床に叩きつけられても悲鳴ひとつあげなかったセラが、弱々しく声をあげた。

「そんなことないんだ、セラ。お前は、幸せになるべきなんだ」

「でも、みんながみんな、ジャンみたいに思ってくれるわけじゃない」

そう言うセラの胸元を見て、ジャンは気づいた。狂神に植えつけられた茨のような呪紋が、その大きさを増している。

――これは、まさか。

セラはジャンを見上げ、きつく顔を歪めたまま、口を開く。

「わたしは大勢を殺した。これからだって、きっと殺すことになる。平穏にだなんて生きられない。でも、これはわたしの選んだ道なんだ。ジャンを無理に付き合わせることなんて、できない」

呪紋から目を離せず、ジャンも抗弁する。

「俺はもう選んだんだ」

「それでも――ジャンにこんな姿を、見られたくないの！」

セラは髪を押さえ、叫ぶ。

先日まで仲良く話していた魔法使いの、流した血の上に立ちながら。

「あなたが綺麗《きれい》なだけのわたしを覚えていてくれるなら、そのままで、いて。わたしは、これからもきっと、なにかを斬り捨てながら、生きていくしかないから」

ドクン、ドクンと彼女の胸の黒い紋様は脈動し、広がってゆく。

呪紋はあまりにも急速に成長していた。

もしあれが彼女の精神状態と連動しているなら、このままセラを放置するのはあまりにも危うい。

かといって、今のセラの機嫌を取るような言葉は、とても思いつかなかった。

今、ジャンがなにを言うかに、世界の崩壊がかかっているというのか？

せっかくセラがムルドを倒したというのに。

もしここでジャンが失敗したら、呪いは世界に拡散するだろう。人間は死滅するのだ。

そんな現実を正しく理解すれば、頭がおかしくなりそうな状況だ。まったく――。

――だが、それでも。

震える手を握りしめる。その手でセラの手を掴む。

引き寄せて、心からの声を叩きつける。

「――逃げるんじゃねえよ！」

「……え？」

セラに面と向かって、怒鳴りつけた。

「お前が選んだのは、そんな道じゃないだろ！」

世界の破滅を避けるために、セラに当たり障りのない言葉を吐くなど、まっぴらだ。

彼女は間違っている。それを正さなければならない。

すべてはセラのために。

「世界中の人々の希望を背負い、どんな困難が目の前に広がっていても、決して諦めずに立ち向かう道を、選んだんじゃないのかよ！　勇者セラフィルナ！」

「それは……もちろん、そうだよ」

怯《ひる》んだ目をした彼女に、ジャンは想いをぶちまける。

彼女が彼女自身を見限るというのならば、容赦はしない。

「だったら背負ってみせろよ！　俺の希望を！　お前自身の希望を！」

「……わたしの、希望……？」

「結婚式を挙げて幸せになりたかったんだろ！　だったらそれも叶えてみせろよ！　言っておくけどな、俺だって死にたくねえよ！　だけどな、お前がそばにいなけりゃ、生きてたって死んでるみたいなもんなんだよ！」

歯を食いしばり、セラもまた首を振る。

「それでも、命があるなら！」

「ムルドが、その娘のラチェレが命を懸けて証明したことすら、お前は否定するのか！」

「――」

ジャンはセラの頬を両手で挟み込む。背の高さを合わせ、額と額をくっつけるほどの距離で声を張った。

「いいか、何度も言わねえからよく聞けよ、セラ。お前がもしも勇者であることを諦め、自分自身の希望すら捨てて、俺の希望をも背負えなくなったらな。そのときはすっぱりと勇者を辞めて、ただひとりの女になれ。――俺が、一生をかけてお前を幸せにしてやる」

セラの瞳に見つめられながら、ジャンは一息に言う。

「お前がそれでも勇者として在り続けたいと願うなら、決して自分自身を不幸にするような真似《まね》はするな。お前は、誰もが憧れる勇者なんだ。ただの兵器なんかじゃ、絶対にない。ちゃんと自分自身の力で、ちゃんと幸せになれ。それぐらいやってみせろよ、勇者なら！」

いつの間にか、息が切れていた。

思いの丈を振り絞ったジャンに対して、セラはしばらくなにも言えなかった。

気づいたジャンはセラの頬から手を外す。

セラはうつむき、ようやく口に出した言葉は。

「……それって、どっちにしてもジャンが得してないかな」

ジャンは首を振った。

「いいや、違う。どっちもお前が得しているんだ。俺の幸せはその副産物だ」

「物は言いようだよ」

セラはつらそうだったけれど、かすかに笑っていた。

「ジャンに怒られたの、久しぶりだ」

「……そうか？」

「うん。旅の最中は、よく怒られてた。わたしがなにも知らなかったからだけど、あの頃のジャンは少し怖かったし、いつか見てろよって思っていたの」

今彼女がそれを実行に移そうと思えば、ジャンの首は即、胴体に別れを告げるだろう。

「再会してからのジャンはずっと優しかったから、なんだかそっちのほうが怖かった」

急所を突かれたような気分だった。

それは——ジャンが彼女に罪悪感を抱いていたからだ。

セラを見捨てたことに対する罪の意識が、そして神殺しを果たした勇者セラフィルナに対する畏敬の念が、ジャンの言動を無意識に縛っていたのだ。

「……そう、だったか」

ジャンは噛みしめるように言う。本当はどこかでセラに向き合うことを恐れていたのかもしれない。今になってその殻を破れただなんて、おかしな話だ。

「うん、だから」

セラは微笑んだ。

「今は、嬉しい。やっと、ジャンが帰ってきてくれたって、実感できた気がする」

「……」

ジャンはセラの頭に手を置いた。

「そんなこと思ってたんだな、お前」

「うん……。わたしも、今まで気づかなかった。自分のことなのに」

「そうだな、うん。俺も悪かった。妻になるやつのことなのに、なにもわかっていなかったのは俺も同じだ」

見つめ合い、ふたりはどちらからともなく、笑った。

「セラ、またやり直そう、ここから」

「うん」

ジャンは美しく微笑む彼女を眩《まぶ》しそうに見つめ、その手を握りしめた。義手の男と血まみれの花嫁が誓うのは、結婚の約束ではなく。

それよりもなお固く強い絆《きずな》を結ぶ、永遠の誓い。


「――もう一度、ここから」


教会に人が駆けつけてくる。

セラとジャンの戦いは終わった。

エピローグ

結婚式が中断されたことと、手続きを担当していたムルドが亡くなったことで、ジャンとセラは改めて後日、式をやり直すという形に落ち着いた。当面は婚約関係だ。

しかし、ムルドの死が国内に与えた影響はとても強く、これからどうなるかはわからない。

幸い、ルーニャの傷は浅かった。彼女は一週間足らずで仕事に復帰する。それまでの間、メルセデッサが代わりにセラの身の回りを世話していたことを知ったルーニャは、とてつもなく恐縮した態度で張り切り、病み上がりの無茶を怒られていた。

一方のメルセデッサは、表面上は普段どおりに振る舞っていたものの、物思いにふける時間が増えた。

ムルドを倒したセラに対しても、複雑な思いを抱いているようだ。今は時が解決するのを待つしかないだろう。

勇者セラフィルナが守った世界は、きょうもこうして続いてゆく。

「ま、そんなところだよ」

日差しが眩《まぶ》しい昼前の郊外。ジャンが立つのは、広い墓地だった。

魔族との戦争で、ほとんどの人々は墓もなく野ざらしにされて捨て置かれた。こうして墓が建てられるのは、幸せなことなのかもしれない。

中身のない墓を見下ろし、ジャンはため息をついた。

「はっきり言って、これから問題がいくらでも山積みだ。全部お前のせいだぜ。反省しろよな、むっくん」

墓に銘はない。埋葬された死体はない。それでもそこは、ムルドの墓だった。

隣に並ぶ名のない墓が、ラチェレの墓なのだから。

「セラは責任を感じて落ち込むし、メルセデッサも暗くなるし。ルーニャぐらいだぜ、元気満々で働いているのはさ。……俺だって、寂しいしな」

どんな恨み言を言おうかと考えていたのに、口からこぼれるのはそんな言葉だった。

「そっちは満足して逝ったのかもしれないけど、残される方の気持ちも考えろよな」

ジャンはポットから入れた茶を、ムルドの墓前に置いた。彼が好きだった茶屋から買ってきたものだ。

「淹《い》れたのは俺だから、きっと文句を言われるだろうな。まあ、そこは大目に見てくれよ。これから少しずつ上達していくからさ」

頭をかく。その言葉に返事をくれる男の姿は、もはやどこにもない。

どうして彼を嫌いになれないのか。それは、自分のためだけに戦い、自分のためだけに死んだ男が、ジャンのもうひとつの未来であるように思えたからだ。

「それじゃ、俺はもうそろそろ行くよ。お前もそっちで元気でな。娘さんと、仲良くしてくれ」

手を振り、歩き出そうとする。そのときであった。

ドクン、と右腕が脈打った。立っていられなくなるほどの目眩《めまい》がして、膝をつく。

「参ったな、まだ魔力が回復し切ってない、のか……？」

なにかが腕の中から流れ込んでくる。それはなんだか懐かしい匂いがした。

まるで引き寄せられるように、ジャンの意識は内へ内へと落ちてゆく。というよりも、誘われたというほうが正しいのかもしれない。

目を覚ます。光差す部屋。壁のほぼすべてを埋める本棚には、ところ狭しと書物が詰め込まれている。光によって舞ったホコリがキラキラと輝いていた。静寂と智慧《ちえ》を司《つかさど》るような光景だ。こんな心象風景は、自分の中には存在していない。

光の中から現れた人物は、ゆったりとしたローブを着た銀髪の男。彼はバツの悪そうな笑みを浮かべていた。

「むっくん」

「やあ、改めて挨拶に来たよ。このあいだは迷惑をかけてすまなかったね」

「謝りに来るなら、セラのところにいってほしいんだけどな」

皮肉げに返すと、彼は肩をすくめて笑った。

「それはできない相談だ。もう僕は君に会うことが精一杯なんだ。それも、これが最後かもしれない。最後にね、君には言っておくことがある」

「そのために現れたのか」

あらかじめ精神魔法をかけていたのか、なんなのかわからない。彼なら死後の世界からでも自分に干渉することができそうだと、ジャンは思った。

「……だからってな、結婚式をぶち壊したやつの言うことを素直に聞くと思っているのか？」

「それを持ち出されると、なんにも言えなくなってしまうね。あれは全面的に僕が悪い。僕のワガママが引き起こした事態だからね。迷惑をかけたと思っているよ。すまない。と、殊勝な態度はここまでにしてだ。あまり長話する時間もなくてね」

ムルドは真剣な顔をした。

「君にはこれから先、困難が待ち受ける。老婆心ながら忠告しよう。君が選んだ道は、最も険しく、最も罪深い道だ。その行く先がどこにつながっているのか、僕はとても興味がある」

「……セラと共に歩む道が、か？」

「そうさ。いや、僕はね、君より多少は色んなことに詳しいんだ。この先なにが待ち受けているのかもね、うん、そうだ。だいたいのことがわかっている。けれどまあ、そのすべてを君に伝えたところで、きっとこれから、迷い続けるだけだろう。だからね。僕に道を示してくれた君に、ささやかなお礼だ」

差し出した彼の手のひらには、一対の指輪があった。それは砕け散ったはずの結婚指輪だ。その内側には確かに、ムルドの願いが込められていた。

警戒しながらも指輪を受け取ったジャンは、左手で握りしめる。すると指輪は手のひらの中で溶けて消えた。

「これは……」

「彼女の体に眠る、残りふたつの魔神器を封印するためのカギさ」

「なんだって」

消えた指輪は、ジャンの脳裏でふたつの場所を示していた。クアラクネ王国より遥《はる》か西にひとつ。さらにもう一箇所は、見たこともない場所だった。

「僕の忘れ形見と思って、有効活用してくれるといい。なるべくなら、早く向かうんだね。それがなによりも君のためになる」

「……まずは、お前の言葉が本当かどうか、確かめてからだな」

そう言うと、ムルドは深くうなずいた。

「そうだね、当然だ。ただ、なるべく急いだほうがいい」

「ずいぶんと急《せ》かすんだな」

ムルドは穏やかな笑みを浮かべた。

「もちろん、君に感謝しているからだ。最後に自分の心のままに行動することができたのは、君のおかげだ。ずいぶんと、心地よかった。世界が変わったよ。もっと昔から、君のようにしていればよかった」

「だったら長生きなんてできなかっただろうよ」

「僕もそう思う。命を粗末にする生き方だからね」

ジャンは思わず笑みをこぼす。ムルドと笑い合ってから、部屋を見回した。

「むっくんの部屋か。来るのは初めてだな」

「そうともさ。友達をここに招いたのは、君が初めてなんだから」

「……」

ため息をつく。彼の顔を見据え、ジャンは告げた。

「お前の形見、受け取るよ。ありがとう。俺はセラと必ず幸せに結ばれる」

「ああ」

ムルドもまた、ジャンを見て微笑《ほほえ》む。

「長い人生だった。でも、不思議と心残りはない。覚えていてくれ。君の行く末を、僕はいつも見守っている。『幸せになれるように』と」

その言葉を聞いた次の瞬間だ。ジャンの体の中に入り込んでいた指輪が魔力の管を通り、魔神器まで到達したのは。

『ヴルムの真腕《しんわん》』は赤く熱をもつ。腕からなにかが全身に伝わってくる。

「っ……なんだ、この、魔力は……!?」

自分が塗り替えられるような異質感に包まれながら、ジャンは右腕を押さえる。その熱が過ぎ去った後には、赤い模様の走った魔神器があった。それはどくどくと脈打っている。

「『ヴルムの真腕』が……甦《よみがえ》った、のか……?」

「炉は可動した。その力はきっと君の役に立つだろう。強くなければ、あの少女を守れないのだからね」

これがムルドの置き土産なのか。腕を押さえる。この力で彼は自分になにをさせようというのか。

やることなど決まっている。これからどんな困難がセラを待つとしても――。

「俺は、彼女と共に生きるよ、むっくん」

「ああ、くれぐれも」

景色が元通りになる。誰もいない墓地。腕を見下ろせば、そこには赤い線が走っている。魔神器『ヴルムの真腕』が命を吹き返していた。目覚めた力を、ジャンはゆっくりと握りしめた。

風の吹き抜ける広場にて、ジャンは去りゆく男の声を聞く。


『お幸せに――』


ザッと足音がした。

「――今のは？」

絶句して立ちすくんでいるのは、メルセデッサだった。

ジャンは彼女を見やり、言いよどみながら空を見上げた。雲に覆われた曇天。これからどうなるかわからない、未来のような空を眺めながら口を開く。

「……むっくんだよ。最後に、贈り物を届けにきてくれた。魔神器を封印するためのカギが眠る場所を、教えにさ」

「……」

メルセデッサは手に一枚の紙を持っていた。書状だ。

「彼の死後、届けられた手紙だ。ここにも、魔神器を封印するためのカギの場所が、描かれている。師父は私にも残してくれた」

「そうか、愛されていたじゃないか、メルセデッサ」

メルセデッサはジャンの袖を摑《つか》む。

「……師父は、他になにか言っていたか？」

「心残りはない、ってさ。あれだけ大暴れしやがったんだ。あってたまるかよ」

「そうか。……あの方らしい」

そこでメルセデッサは笑った。ムルドの死後、久しぶりに見る彼女の笑顔だった。

「ならば、残された我々も、全力を尽くさなければな。支度をしろ、ジャン。すぐに出るぞ」

ようやく前を向き、メルセデッサは言い放つ。彼女の切り替えの早さは、生きているものを大切にしようと願う心の強さだった。

「出るってどこに？」

「決まっている。魔神器を封印するために、だ」

メルセデッサは体を横にどけた。そこには、旅支度を整えたひとりの少女が立っている。鉄の剣を体の前に持ち、頭にフードをかぶった金髪の少女、セラフィルナだった。

セラはジャンに手を伸ばす。その決意を秘めた瑠璃色の眼差《まなざ》しは、彼女が新たなる舞台へと歩み出そうという覚悟に他ならない。

「いこう、ジャン」

「師父の手紙に書き残されていた地点と、私の調査していた地点が重なった。まず間違いないだろう。目的地は、セラフィルナさまの生まれ故郷、神都エウレカだ。そこに『ポルタリカの銀盤』を封印する手がかりがある」

「ま、待ってくれ」

ジャンは両手を振る。

「ずいぶんと急ぐじゃないか。むっくんもだ。戦いの傷がもう少し癒えてからでも遅くはないだろう?」

「それじゃあダメなの、ジャン」

前に歩み出てきたセラは、おもむろに胸元をはだけた。ジャンは思わず目を逸《そ》らす。

「見て」

「いや、お前、こんなところで」

「いいから」

ぐいと腕を摑まれる。視線を無理矢理向けると、セラの胸元には黒く蠢《うごめ》く呪いが刻み込まれていた。それは以前に見たときよりも、わずかに領土を拡大していた。

「……これは」

「進行が進んでいるの。このままじゃ、呪いはわたしの全身を覆い尽くす。魔神器を手放して、魔力を取り戻さないと。そうじゃないと」

セラは息を吸い込み、そしてそこにある事実を読み上げるような冷静さで、ためらわずに告げてきた。

「わたしが第二の、狂神になる」

息が止まる。だからこそムルドは自分を急き立てていたのか。わずかな思考時間。しかし、ジャンは思い出す。だからといって、己のやるべきことがなにひとつ変わらぬことを。

セラの手を握り返す。力強く言い切る。

もうなにも、間違えないように。

「大丈夫だ、セラ。この俺がついている。少し早めの新婚旅行と洒落込《しゃれこ》もうじゃねえか。なあ」

大賢者ムルドの死をきっかけに、ジャンは再び戦場へと舞い戻ることとなる。

かつて剣神と呼ばれた男、ジャン＝ブレイディア。

彼は今、勇者セラフィルナの守護者となり、そして世界を救うだろう。

これはかつて逃げ出した男の悔恨と懺悔《ざんげ》、そして新たなる旅立ちの物語である――。

あとがき

ごきげんよう、みかみてれんです。

このたびは『勇者の君ともう一度ここから。』こと、『君ここ』をお手に取っていただきまして、誠にありがとうございます。略称は今考えました。

このお話は、かねてずっと書きたかった題材でして。どこかで書くチャンスを窺いながら一日24時間という短すぎる日々の暮らしに追われていた時でした。ストレートエッジさんから「なんか書きたいものあります?」とお声をかけていただいたんです。

食い気味に「実はあるんですよー!」と財布の中から三年に一度しか使わないポイントカードを取り出すみたいなテンションで、プロットを送らせていただいたのがきっかけです。


本作は後悔のお話です。誰でも昔、あのときああしておけばよかったのに、という思い出があると思います。わたしも行きつけの好きなラーメン屋が混んでいたという理由で、手近で適当なラーメン屋に入り、おいしくもまずくもない麺をすすりながら、なぜあのとき少し我慢してでも本当にほしいものを手に入れようとしなかったのか、と身を切るほどの後悔に苛まれたことがあります。たとえがあまりにも身近すぎる。

人間は思い出を積み重ねて、少しずつ長い道程を歩んでいく生き物です。当然間違えたり、本当の気持ちとは違う決断をしてしまったり、見栄や建前に流されて心とは裏腹の選択肢を選んでしまうこともあります。わたしも本当はつけメンを頼むつもりでやってきたはずなのに、メニュー欄のみそラーメンの加工された写真につられて、魂の奥底から望んでいたはずの渇望から目を逸らしてしまったことがあります。それほどに、人の心というのは弱いものですね。

タイムマシンのような都合のいいものを使って、すべてをなかったことにできれば、どれだけよかったことでしょう。失敗のない人生なんてつまらない、みたいな歌がよくありますが、わたしは断然失敗のない人生を送りたいです。レンゲをスープの中に落としてしまい、箸でつまみ上げながら手にもつ部分をおしぼりで拭くのは、もうまっぴらです。

けれど。

失敗はしてしまうものです。残念ながら、それが人生なのです。認め、諦め、進むしかないのです、わたしたちは。それは絶望でしょうか？　いいえ、そうではありません。

この物語の主人公であるジャンくんも、とあることから逃げ出してしまい、愛する少女にたくさんの迷惑をかけてしまいました。後悔をいつまでもいつまでも引きずって、ずっと囚われたままの気持ちを抱え、死んだように生きています。

わたし自身は失敗をしたくありません。それは、やり直すためにあまりにも多くのエネルギーを消費するからです。しかしというか、だからこそと言いますか。つまずいた人がもう一度立ち上がろうとする姿に、心を動かされます。

現実の人間に対して「だから失敗してもいいんだよ」なんて気楽に言うつもりは毛頭ありません。だって失敗ってつらいですもん。わたしの読者さんには永遠にしないでほしい。どうか永遠に幸せだけを享受して楽園の中で生きてほしい。（突然の重い感情）

でもそれはムリな話なので。なので、わたしはこの物語を書きました。

これは、自分の犯した罪から逃げず、失望させた人々と向き合い、もう一度信頼を取り戻すための物語です。最愛の少女への想いを裏切ったかつての少年が、これからはなにひとつ裏切らずに栄光を手にしようと、必死にあがく物語です。

物語は物語。あくまでもフィクションです。そこにはラーメン選びに失敗した人も、レンゲを落とした人もいません。けれどももし彼の生き様を見て、かつて失敗してしまったことのある人がなにかを感じていただければ、これほど嬉しいことはありません。

失敗も、後悔も、長い人生において必ず意味のあることだと、信じています。そう、わたしが多くのラーメン屋での失敗から、この物語を書こうと決めたみたいに――。

と、なんとなく落ち着いたので、いつもの謝辞です。

今回快くイラストを引き受けてくださったえいひさん、誠にありがとうございます。ずっと前からファンでした……。女の子をかわいらしく、男の子を実にかっこよく……そしてデザイン力がめちゃくちゃ高い。ギガントマキアーのデザインには惚れ惚れしました。

また、わたしをお誘いくださった編集Mさん。進行について、いつもご迷惑をおかけしております。丁寧なフィードバックにいつも励まされておりました。

また、この本を作るためにかかわってくださった多くの方々、さらに普段からわたしを支えてくださる各作家様方、誠にありがとうございます。

そしてなによりも、この本をお手にとってくださった方や、みかみてれんを知ってお手にとってくださった読者の方々に、なによりも感謝を。みなさんのおかげできょうも明日も生きていきます。買ったことだけは後悔させない出来だと思っていただければ、幸いです！

それでは、またどこかでお会いできることを願って！　みかみてれんでした！

CHARACTER DESIGN 1

from here again
with you who was a hero

Body

Name

セラフィルナ＝フィンボルト

Name

ジャン＝ブレイディア

2

3

Body

Name

ルーニャ

Expression

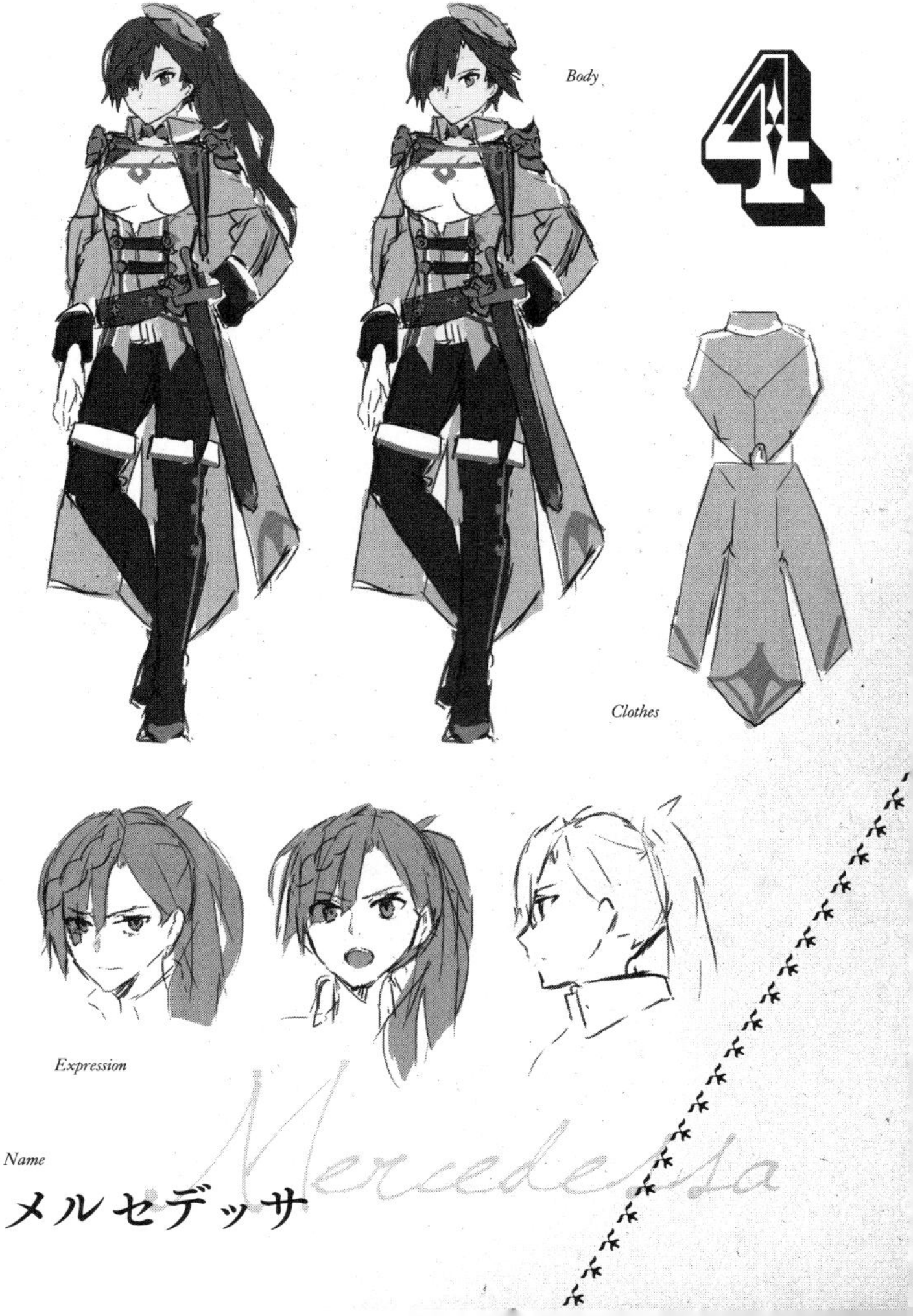
Body
4
Clothes
Expression
Name
メルセデッサ
Mercedessa

Name

ムルド＝ヴリン

Body

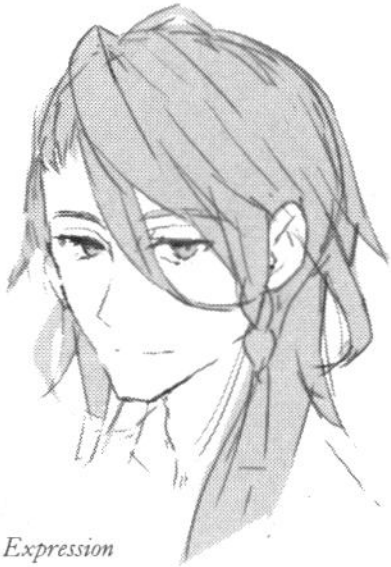

Expression

5

冒頭の心が折れて停滞し続けているジャンが再起するきっかけを受けてから、
最後までセラの隣に寄り添えるよう進み続ける姿に想いと心の力強さを再認識しました。
全体を通して物語の緩急が鋭くはっきりとしていて、迫力ある戦闘シーンも相まって
読みやすくも読み応えのあるお話でした。かっこいいセリフ回しも多く、
登場人物の魅力が伝わってきます。
数年ぶりに新刊を読んで面白いと感じました。
（有隣堂本店ラノベ担当・細野様）

最後はハッピーエンドに至るであろうと十分に感じさせながらも、ハードな展開に
主人公たちが追いやられ、それを乗り越えていく様は読んでいてとても面白かったです。

また、主人公とヒロインの関係も、むせ返るほどの甘々しさに思わず顔がほころびました。

これから二人がどうなっていくのか、目が離せませんね。

（啓文堂府中本店・赤井様）

世界を救った勇者と、勇者を救おうと必死にもがく青年の物語。かつて、自らの手で
突き放してしまった、愛する者の変わり果てた姿。彼女を救うために、
どんな苦痛も耐え抜き全力を尽くす姿に心が突き動かされました。
（アニメイト・遠藤様）

勇者の君ともう一度ここから。

FROM HERE AGAIN WITH YOU WHO WAS A HERO

書店員大絶賛！推薦コメント全文公開！

かつて戦いによって、己の右腕、さらには自分自身すら失い、
勇者である少女セラフィルナのもとから逃げ出したジャン。
そんな彼が過去を悔やみ、今度こそセラを守れる男になるための物語。
お互いの事を想いあっている二人だが、過酷な運命を背負うセラはジャンを
想うからこそ、彼からの愛を受け取ることを躊躇ってしまう。
そんなセラをすべて包み込み、一生かけて一緒に歩んで
いこうといったジャンの４度目のプロポーズに感動しました。
（書泉ブックタワーラノベ担当・小笠原様）

Q1. 頑張った少女が報われない結末をどう思いますか？

Q2. 強いから、有能だからと、あらゆる面倒を押し付けられる人をどう思いますか？

Q3. 相手のためにならないからと自ら身を引く女性をどう思いますか？

「どれも冗談じゃない！」と怒った方、是非ご一読ください。

――これは、世界を救って不幸になった勇者を、
幸せにするための物語。

（アニメイト・手塚様）

ヒロインに一途な想いを貫く主人公に胸を熱く焦がされ、お互いの幸せを想う姿が
尊いファンタジーでした。ヒロインのために一生懸命な主人公、好きです。ただで幸せに
なれないことにもどかしさを感じつつ、幸せを掴み取るために運命に立ち向かっていく姿が
胸を打ちました。物語を読み進めていくにつれて幸せになってほしいという願いが強くなり、
それだけにラストのシーンが衝撃的でした。
（芳林堂書店みずほ台店・水島様）

この物語はフィクションです。実在の人物、団体、事件等には一切関係ありません。

本書はアプリ「LINEノベル」にて掲載されたものに加筆・訂正しています。

勇者《ゆうしゃ》の君《きみ》と
もう一度《いちど》ここから。

2019年 9月 5日　初版発行

著者 ……… みかみてれん

発行者 ……… 森 啓

発行 ……… LINE株式会社
〒160-0022 東京都新宿区新宿4-1-6 JR新宿ミライナタワー23階
http://linecorp.com

発売 ……… 日販アイ・ピー・エス株式会社
〒113-0034　東京都文京区湯島1-3-4
http://www.nippan-ips.co.jp　TEL：03-5802-1859

印刷・製本 …… 大日本印刷株式会社

校正・組版 …… 株式会社鷗来堂

Printed in Japan　ISBN 978-4-908588-88-4　C0193

LINE文庫エッジ